一頁 folio

始于一页，抵达世界

[日]
川端康成 著

古都

陈德文 译

·桂林·

图书在版编目(CIP)数据

古都/(日)川端康成著;陈德文译.--桂林:广西师范大学出版社,2023.3
ISBN 978-7-5598-5755-2

I.①古… Ⅱ.①川… ②陈… Ⅲ.①中篇小说-日本-现代 Ⅳ.①I313.45

中国国家版本馆CIP数据核字(2023)第002204号

GUDU
古都

作　　者：(日)川端康成
译　　者：陈德文
责任编辑：彭　琳
特约编辑：王子豪　徐　露　徐子淇
装帧设计：汐　和　at compus studio
内文制作：陆　靓

广西师范大学出版社出版发行
　广西桂林市五里店路9号　邮政编码：541004
　网址：www.bbtpress.com
出版人：黄轩庄
全国新华书店经销
发行热线：010-64284815
北京华联印刷有限公司印刷
开本：889mm×1260mm　1/64
印张：4.875　　　　字数：120千字
2023年3月第1版　　2023年3月第1次印刷
ISBN 978-7-5598-5755-2
定价：43.00元

版权所有,侵权必究
如发现印装质量问题,影响阅读,请与出版发行部门联系调换。

目录

古都

- 春天的花 ... 3
- 尼庵和格子 ... 30
- 和服街 ... 62
- 北山杉 ... 96
- 祇园祭 ... 127
- 秋天的颜色 ... 161
- 松林青青 ... 194
- 深秋里的姐妹 ... 232
- 冬之花 ... 256
- 后记 ... 289
- 译后记 ... 295

古都

一

一

春天的花

千重子看到老枫树的干上开着紫堇花。

"啊,今年也开花了。"千重子感到了春天的温馨。

这棵枫树长在城内狭小的庭院里,真算是大树了。树干比千重子的腰围还粗,当然,那苍老的树皮和布满青苔的树干,是不好和千重子细嫩的身子相比的……

枫树的老干在相当于千重子的腰肢一样的高度稍向右斜,在高出她的头顶的地方,朝右来了个大弯儿。这么一弯,一根根树枝延展开来,占领了整个庭院。长长的枝梢略显凝重地微微低垂着。

弯度较大的树干下面一带,似乎有两个小凹

窝,每一个凹窝里都长着一株紫堇,而且每年春天开花。打从千重子记事的时候起,这棵树上就有两株紫堇。上面的紫堇和下面的紫堇相距一尺左右。正值妙龄的千重子不由得想:

"上面的紫堇和下面的紫堇能不能见面?它们互相认不认识呢?"紫堇花什么"见面",什么"认识",说的是什么意思呢?

一般有三朵花,最多有五朵花,每年春天都一样。虽说如此,可树上的小凹窝一到春天就发芽、开花。千重子要么站在走廊上眺望,要么从树根往上看。有时,她被树上紫堇的"生命力"所感动,有时又觉得很"孤独"。

"生在这种地方,仍要继续活下去……"

店里的顾客都交口称赞老枫树枝繁叶茂,可是几乎没人留意已经盛开的紫堇花。生长着树瘤的、粗大的老干,上下都布满苍苔,更增添了一层威严和高雅。寄生在树干上的小小紫堇花,就更不起眼了。

然而,蝴蝶知道。千重子发现紫堇花时,在

院子里低低翩飞的白蝴蝶，正从树干上向紫堇花近旁飞来。枫树正要绽开红红的小嫩芽，蝴蝶们白色的舞姿是那样鲜明耀眼。两株紫堇的叶子和花朵，也在枫树干新绿的青苔上投下朦胧的影子。

樱花开放时节，天气微阴，一个温润的春日。

白蝴蝶飞走了，千重子一直坐在廊下，望着枫树干上的紫堇花。

"今年，你又在这儿开出漂亮的花朵啦。"她似乎想跟花儿说个悄悄话。

紫堇花下，枫树根旁，立着古老的石灯笼。灯笼腿上雕着站像，千重子的父亲曾经对她说过，这是基督。

"怎么没有马利亚呢？"当时，千重子问，"不是有一个像北野天神似的大雕像吗？"

"这是基督。"父亲淡然地说，"怀里没有抱婴儿。"

"哦，可不是嘛……"千重子知道了。接着又问:"我们家祖辈人里有切支丹[1]吗?"

"没有。这个石灯笼兴许是造园师傅或石匠带来,放在这里的。也不是什么稀罕的石灯笼。"

这只切支丹灯笼,大概是往昔禁教时代的产物吧?石头粗糙、松脆,表面的浮雕经百年风雨的剥蚀,只有头身和两腿的形态隐约可辨。看来,原是一尊单纯的雕像。所雕之人物袖子长及衣裾,似乎合掌站立,臂腕部位微微隆起,但形状模糊不清。不过,这尊雕像同佛陀和地藏菩萨感觉不一样。

也许是古代信仰的标志,或者是异国风情的装饰,如今,只因为这尊切支丹灯笼是个老古董,被安置在千重子家店铺的庭院里,挨着老枫树的根站着。要是有顾客看到了,父亲就说是"基督像"。不过,做生意的,很少有人会注意到大枫树下这尊黑乎乎的石灯笼。纵然看到了也不在意,觉得院子里有一两只石灯笼很寻常,更不会仔细

---

[1] 指基督徒,"切支丹"为过去日语对葡萄牙语中基督教(christão)的音译。

瞧上一眼的。

千重子看着树上的紫堇花，随之目光下移，眺望着基督。千重子上的不是教会学校，可是她为了学习英语，时常出入教堂，也阅读《圣经》的新旧约。然而，要是给这尊古老的石灯笼献鲜花、点蜡烛什么的，那似乎不合适，因为整个灯笼没有刻上一个十字架。

基督像上边的紫堇花，可以想象是马利亚的一颗心。千重子的目光离开切支丹灯笼，又仰望着紫堇花。——蓦然间，她想起了饲养在古老丹波壶里的金钟儿。

千重子开始喂养金钟儿，是新近的事，也就四五年光景，是她在老枫树上发现紫堇花很久以后的事了。那时还是高中时代，她在同学家里听到虫鸣，就要了几只回来。

"养在壶里很可怜啊。"千重子说。可是同学回答她，总比养在笼子里看着它死要好得多。据说有的寺里养了很多，出售虫卵。同好者也不少。

千重子的金钟儿如今也不断增加,要装在两只古丹波壶里了。每年准时在七月一日前后孵化,八月中旬,就开始鸣叫了。

但是,它们只能活在又窄又暗的小壶里,诞生,鸣叫,产卵,死亡。尽管如此,可以繁衍子孙,比起养在笼子里只能存活一代还是强多了。简直可以说是壶中过生涯,壶中有天地呢。

古代的中国有个叫作"壶中天地[1]"的故事,千重子也知道。这壶里有金殿玉楼,摆满美酒佳肴、山珍海味。所谓壶中,就是远离俗尘的另一世界、另一仙境。这是众多仙人传说中的一个。

当然,这些金钟儿并不是厌恶尘世才进入壶内的。它们恐怕都没有意识到是在壶里,而且在里头生息繁衍下去。

金钟儿最叫千重子吃惊的是,有时不把别处的雄虫放进壶里,只靠同一壶里的金钟儿繁殖,

---

[1] 见东晋葛洪《神仙传·壶公》:"壶公者,不知其姓名也。……常悬一空壶于屋上。日入之后,公跳入壶中,人莫能见。"后用"壶中天地"指道家所向往的仙境生活。

生下的虫儿就又瘦小又纤弱。这是反复近亲结婚的缘故。为了避免这种现象,金钟儿的同好者都有互相交换雄虫的习惯。

眼下是春天,虽说不是金钟儿鸣唱的秋令,可枫树干上的凹窝里,今年的紫堇花又开了。看到了花,千重子想到金钟儿,这也不是完全没有关系的事。

金钟儿是千重子放在壶里的,可紫堇花为何要生到这种狭窄的地方来呢?紫堇花开了,今年生的金钟儿也该鸣叫了吧?

"自然的生命……?"

千重子把春风吹乱的头发拢到一侧耳后,看看紫堇花,想想金钟儿,心里思忖着。

"那我是……?"

在这自然界生机盎然的春天,看着这小小紫堇花的,只有千重子一人。

店铺里传来准备吃午饭的声音。

千重子说好要去赏樱的,马上该梳洗打扮了。

昨天，水木真一给千重子打电话，约她到平安神宫看樱花。真一的同学在神苑的门口收门票，干了半个月了。真一听那位同学说，眼下正是樱花盛开的时节。

"我叫他注意观察来着，还有比这更准确的吗？"真一低声笑了。真一的笑声很动人。

"他呀，也会看到我们吗？"千重子问。

"那小子不是把门的吗？谁都得从他眼皮底下走进去。"真一又是一阵笑，"不过，要是你在乎这个，那就各自入园，在园中的花树下见面好了。即使一个人赏花，也没有看够的时候啊。"

"那你就一个人先去吧，好吗？"

"也行，不过，要是今晚来上一场大雨，把花瓣全打落了，我可没办法啦。"

"落花自有风情在呀。"

"花给雨打落，沾满了污泥，这就是落花的风情吗？那你就等着看落花吧……"

"讨厌鬼！"

"究竟谁才是……？"

千重子挑一件不太惹眼的和服穿上,走出家门。

平安神宫因"时代祭[1]"而闻名。这是为纪念千年之前在如今的京都定都的桓武天皇,于明治二十八年建造的,所以社殿不太古旧。但是,神门[2]和外拜殿据说系仿造平安京的应天门和大极殿。右近卫府有橘树,左近卫府有樱花。昭和十三年,又把迁都东京前的孝明天皇一并供奉于此。来神前举行婚礼的人很多。

最漂亮的是那片将神苑打扮得缤纷绚烂的八重红枝垂樱。可以说,如今除了这里的樱花,再没有能够代表京洛春色的了。

千重子一走进神苑的入口,满树的红枝垂樱花朵,便仿佛盛开在她的心中。"啊,今年又看到京都的春天啦!"她停住脚步望着。

可是,真一在哪儿等着呢?也许还没来吧?

---

1 "祭"即祭祀,日语的"祭"亦有纪念、宣传、祝贺、庆典等意。时代祭与祇园祭、葵祭并称京都三大祭。

2 即神社的门,通常采用楼门、唐门、四脚门等结构。

千重子想找到真一之后再赏花。她从樱花林里出来了。

下面的草坪上，真一正躺在那儿睡觉，双手交叉枕在颈后，闭着眼睛。

千重子没想到真一会躺着，她很不乐意。哪有躺在地上等着年轻姑娘的？她固然被弄得很不好意思，但比起举止失礼，她更看不惯真一躺在地上这回事。在她的生活里见不到躺在地上睡觉的男人。

看来真一经常和同学们躺在大学校园的草坪上，或枕着胳膊肘，或尽情仰卧着，海阔天空地闲聊吧。他只不过学平时那样子罢了。

真一身边还有四五个老婆子，一边摊开一层层饭盒，一边高声谈笑。兴许真一觉得这几个老婆子很亲切，在她们旁边坐坐，就随地躺下了吧？

千重子想到这里，不由要笑起来，可是反而脸红了。她没有马上叫真一，只是站在那里，甚至想离他而去……千重子从未见过男人的睡相。

真一规规矩矩地穿着一身学生制服,头发也梳理得很整齐,修长的睫毛合拢着,像个少年。然而,千重子对他的打扮瞧都没瞧一眼。

"千重子!"真一叫了一声,随即站起身来。千重子立即有些不高兴了。

"躺在那里像什么话呀!人来人往地都瞅着你呀!"

"我没有睡着,你来的时候我知道。"

"太坏啦!"

"我要是不喊你,你打算怎么着?"

"你看到我来,故意装睡,对吗?"

"想到有这样一个幸福的女孩走过来,我就感到几分哀伤,脑袋也有些发疼……"

"我?我幸福吗……?"

"……"

"你头还疼吗?"

"不,已经好啦。"

"脸色很不好看呀。"

"不,已经没什么了。"

"像把宝刀哩。"

偶然也有别人说他的脸像宝刀,从千重子口中却是第一次听到。

真一每当听到这种说法,心里就觉得热辣辣的,像火烧一般。

"别看宝刀,不杀人的。这里可是樱花树下啊!"真一笑着说。

千重子登上一座小山丘,转向回廊入口,真一离开草坪跟在后头。

"这里的樱花,我都想看看。"千重子说。

一来到西边回廊的入口,红枝垂樱花团锦簇,立即将人带入了春天。这才叫春景啊!又细又长的树枝上,缀满了艳红的八重樱,弯弯地垂挂下来,与其说是树上开着花,不如说是花朵支撑着树枝。

"这里的樱花,我最喜欢这一种啦。"千重子说。她把真一领到回廊朝外转弯的地方。那里有一棵樱树,枝条向四方延展开来,好大一片。真一也站在一旁，望着这棵樱花树。

"仔细一瞧，这棵树很有女人味儿。"他说，"低垂的细枝，还有花朵，看起来又温柔，又丰润……"

而且，这八重樱的红色里，还浸染着些微的紫色。

"如此具有女人味儿，从前未曾感受过。那色彩、风情，还有娇艳的润泽。"真一又说道。

两人离开那棵樱树，向水池那里走去。逼仄的道路旁边放着一排座凳，铺着绯红色的毛毡，游客们坐在那里品薄茶。

"千重子，千重子！"有人叫着。

从微暗的树林中的澄心亭茶室中，走下来身穿振袖和服[1]的真砂子。

"千重子，想请你帮个忙呀。我有点累了。你能帮老师照料茶席吗？"

"我这副穿戴，只能洗洗茶具什么的。"千重

---

1 未婚少女穿的长袖和服，衣袖宽大、飘逸。

子说。

"没关系，洗茶具也成……能来吗？"

"我还有伴儿呢。"

真砂子一看到真一，就凑近千重子的耳畔：

"未婚夫？"

千重子微微摇着头。

"男朋友？"

还是摇摇头。

真一转身走开了。

"喏，进去坐坐喝杯茶，一起来吧……眼下正有空位子呢。"真砂子招呼道。千重子谢过她，朝真一追去。

"我那位茶席上的朋友，长得挺漂亮吧？"

"还算说得过去吧。"

"呀，人家会听见的啊。"

千重子看看站在那里目送他们的真砂子，向她告辞。

穿过茶室下面的小路，有个水池，近岸生长

的一簇簇菖蒲，竞相呈现着嫩绿的叶色。水面上漂浮着睡莲的叶子。

这个水池的周围，没有樱花树。

千重子和真一绕过岸边，进入昏暗的林中小径。这条林中小径又细又短，能闻到新叶的香味和湿润的泥土气息。这里又有一个水池，比前面的水池更大，庭院也更广阔、明媚。岸边的红枝垂樱映入水面，十分耀眼。外国游客也都围着这棵樱树拍照。

可是对岸的小树林里，马醉木也羞涩地绽放着白色的花朵，令千重子想起了奈良。还有许多松树，虽说算不上什么大树，但姿态优美。要是没有樱花，庄静的松树就会引起人们注意。不，如今那一尘不染的松树姿影伴着一池春水，衬托着低垂的朵朵红花，使之更加艳丽夺目。

真一首先踏过池子中央的脚踏石，这叫作"泽渡"。这些踏脚的圆石仿佛是从鸟居切割下来后排列在此似的，有的地方千重子走时还得微微提起和服的衣裾。

真一回过头说：

"千重子，我真想背着你过去。"

"试试看吧，真令人佩服。"

当然，这里的脚踏石连老太太都能走得过去。

脚踏石下漂浮着睡莲的叶子。一走近对岸，便看见脚踏石周围的水里映现着小小的松影。

"脚踏石的这种摆法，倒也挺抽象的，不是吗？"真一说。

"日本的庭院不都显得很抽象吗？就像醍醐寺庭院里的杉苔，总被说抽象、抽象，反而惹人厌烦……"

"是啊，那种杉苔的确很抽象。醍醐寺的五重塔修缮完了，正要举行落成典礼，去看看吧！"

"醍醐寺也是模仿新的金阁寺翻修的吗？"

"想必是焕然一新了吧，塔没有烧毁……是拆掉以后再按原样组装的。落成典礼正逢樱花时节，人一定很多呀。"

"要赏樱花，没有比这里的红枝垂樱更可看的了。"

两人从稍靠里边的泽渡走了过去。

过了泽渡,岸上长着一簇簇松树,不久就到了桥殿。准确地说,这里是一座名叫泰平阁的"桥",外形却使人想到"殿"。桥两侧各是一排有椅背的低矮座凳,人们坐在上头休息,隔着水池眺望庭园的景色。不,当然,水池才是庭院的重点。

坐着的人有的喝水,有的吃东西,小孩子们在桥上跑来跑去。

"真一,真一!这儿……"千重子先坐下,用右手给真一占了个位子。

"我还是站着吧。"真一说,"也可以蹲在你脚边……"

"不要。"千重子一下站起来,拉真一坐下,"我去买鲤鱼饵。"

千重子回来,把麸皮投向池水,鲤鱼成群地游来,挨挨挤挤的,有的甚至将身子露出水面。

一圈圈的涟漪扩散开来，水面上摇荡着樱花和松树的影子。

"给你吧。"千重子想把剩下的鱼饵交给真一，他沉默不响。

"你头还疼吗？"

"不疼了。"

他俩在那里坐了好长时间。真一神色安然地一直凝望着水面。

"你在想什么呀？"千重子问道。

"怎么说呢，我想，人也有什么都不想的幸福时刻啊。"

"就像这种赏花的日子……"

"不，是在幸福的姑娘身边……品味着幸福的甜美，温暖而富有朝气。"

"我幸福吗……？"千重子又说，眼里蓦然浮现出忧愁的阴影。抑或是因为低着头，池水映入了她的眸子。

千重子站起来。

"桥对面，有我喜欢的樱花树呀。"

"打这儿也能瞧得着,是那里吧?"

那里的红枝垂樱实在好看,闻名遐迩,被称为"名樱"。枝条垂挂似杨柳,而且飘扬摇缀。一走到树下,微风拂拂,花瓣洒满了千重子的肩头和脚下。

花瓣也落在了樱树下面,斑斑点点。有的漂浮在水池上,不过,也只有七八枚花瓣……

红枝垂樱用竹架支撑着,有些花枝的细尖几乎垂到池水里了。

透过八重樱绯红花枝重叠的空隙,可以窥见池东岸树林后翠碧的山峦。

"那是东山的余脉吧?"真一说。

"那是大文字山[1]。"千重子回答。

"哦,大文字山吗?看起来好高呀。"

"从花丛里望去,会怎样呢?"千重子说着,也站在花丛里了。

---

[1] 指京都市左京区如意岳西峰。每年 8 月 16 日晚,人们在此燃起"大"字形篝火,明烛夜空,蔚为壮观。

两人久久不肯离去。

这一带樱花林里铺着粗糙的白沙子。白砂地右首是相对于庭园高高耸立着的伟岸松林以及神苑出口。

走出应天门,千重子说:

"想去'清水'看看了。"

"清水寺吗?"真一带着一副无趣的表情。

"很想从'清水'眺望一下京都的黄昏,还有西山的落照。"千重子反复地说着,真一只得同意了。

"嗯,去吧。"

"走着去吧!"

好长一段路呢。躲开电车轨道,两人绕远路到南禅寺道,从知恩院后穿过,横穿圆山公园,沿着一条古老的小路,来到清水寺前。碰巧,正是春日暮霭满天的时候。

清水舞台上的游客,只剩下三四个女学生,她们的面孔已经看不清了。

这正是千重子喜欢的时刻,晦暗的本堂里亮

起了灯光。千重子没有在本堂的舞台上停留就走过去了。他们从阿弥陀堂前进入后院。

后院里也有架在悬崖上的"舞台"。桧皮葺顶的屋脊显得重量很轻,"舞台"也很小巧、轻盈。但是,"舞台"是面朝西的,对着京城,向着西山。

城里灯火明丽,天边残留着微微的亮光。

千重子倚在"舞台"的栏杆上,遥望着西方。她似乎把同行的真一忘记了。真一走近她的身旁。

"真一,我是个弃儿。"千重子突然说。

"弃儿……?"

"嗯,是弃儿。"

真一一时犯起了迷糊,不知道"弃儿"一词含着怎样的心绪。

"弃儿?"真一嘀咕了一声,"连千重子也会认为自己是弃儿吗?千重子你要是弃儿,那像我这样的人也是弃儿,精神的弃儿……也许人人都是弃儿。诞生于世就是被神抛掷在这个世界上了。"

真一看着千重子的侧影,夕暮的霞光无意中淡淡染红了她的脸庞,这就是美好的春愁吗?

"那么说,人也就是神之子,先舍弃,再拯救……"

千重子似乎没有听进去,她俯瞰着灯火迷离的京都,并不回头瞧真一一眼。

真一认为,千重子心里有着莫名的忧伤,他想把手放在她的肩膀上,千重子躲开了身子。

"不要碰我这个弃儿!"

"我不是说了吗?神之子才被称为弃儿。"真一稍稍提高了嗓门。

"哪会有那么奇妙的事情呀,我不是神的弃儿,而是凡人父母的弃儿!"

"……"

"是被扔在土红色格子门前的弃儿!"

"胡说什么?"

"是真的,但告诉你这件事情又有什么用?"

"……"

"我呀,从'清水'这里,眺望京都的漠漠黄昏,心想着我是真的生于这座京城吗?"

"瞧你说的,你头脑有问题……"

"这种事,干吗要骗你呢。"

"你不是批发商宠爱的独生女吗?大凡独生女,总喜欢想入非非。"

"可不,是被宠着。但如今呀,做个弃儿也不错……"

"你说弃儿,有什么证据?"

"证据?就是店前的土红格子门呀。老格子门知道一切。"千重子的声音愈加动人,"我呀,大约是上初中的时候吧,妈妈把我喊去,对我说,我不是她怀胎十月生下来的孩子,是抢了别家的小宝贝,慌忙搭车逃走了。可是,抢婴儿的地点,父母说的都不一样,一个说是观赏夜樱的祇园,一个说是鸭川的河畔……他们觉得,若说我是被扔在店前的弃儿就太可怜了,所以想瞒住我……"

"欸,你不知道亲生父母是谁吗?"

"现在的父母很宠爱我,我也不想寻亲了。我的生身父母,也许早已化作仇野[1]的怨鬼游魂,那里的石碣都破败倒塌啦……"

自西山起始,柔和的春的夕暮犹如微红的雾霭,逐渐扩散开来,几乎染遍了京都大半个天空。

千重子真是弃儿吗?她真的是被抢来的吗?真一很难相信。千重子的家在古老的批发商店街,到附近一打听就知道。可是真一眼下当然没心思去查问一番。真一迷惑不解,他想弄清楚的是,千重子为何在这里告诉他这些事情。

难道她把真一带到清水寺来,就是为了向他表白这件事吗?千重子的声音越发清脆了,话音里蕴含着一丝可贵的坚强。她似乎不是为了向真一诉苦。

千重子一定朦胧地知道,真一是爱她的。千重子的表白,难道是让爱她的人了解自己的身世

---

1 京都内嵯峨小仓山麓的火葬场兼墓地,又称鸟部山、鸟边山。

吗？真一听不出她的话有这个意思。恰恰相反，她似乎是为了预先拒绝他的爱。所谓"弃儿"，只不过是千重子编造的假话罢了……

在平安神宫时，真一再三说千重子很"幸福"，他想，权当这是对自己的抗议好了。于是，真一说：

"你知道自己是弃儿之后，感到很孤独、很悲伤吗？"

"不，我一点也不感到孤独，也没有什么可悲伤的。"

"……"

"我要念大学的时候，父亲对我说，一个继承家业的女儿家上什么大学，上了反而惹麻烦，倒不如多照看一下生意呢。只是那个时候，我才有些……"

"是前年吗？"

"前年。"

"你绝对听父母的话吗？"

"啊，绝对听。"

"婚姻大事呢?"

"啊,现在也是这么想。"千重子毫不迟疑地回答。

"就没有一点自己的看法、自己的感情吗?"真一问。

"有啊,太多啦,不知道怎么办……"

"你就这么压抑自己,一切都闷在心里吗?"

"不,不想闷在心里。"

"你说话总是绕圈子。"真一轻轻的笑声里微带几分颤抖,他上半身探出围拦,窥探着千重子的脸庞,"很想看看你这个谜一般的弃儿的模样呢。"

"已经天黑啦。"千重子这时才回头看看真一,她的眼眸里闪耀着光辉。

"真可怕……"千重子将目光转向本堂的屋顶。厚厚的桧树皮葺屋顶,看上去沉重又昏暗,正以可怖的气势压了过来。

一

尼庵和格子

千重子的父亲佐田太吉郎,三四天前就躲进了隐蔽于内嵯峨的一座尼庵里。

说是尼庵,庵主也年逾六十五岁了。这座小小的尼庵在古都还是有来头的,可是大门掩映于竹林中看不见,和旅游观光几乎无缘,总是静悄悄的。厢房偶尔用来举行茶会,也称不上知名的茶室。庵主经常外出教人插花。

佐田太吉郎租了这座尼庵的一间房子,如今,他已与这座尼庵很相像。

佐田的店位于中京区,算得上是一家京城绸缎批发商。周围的店铺大体都是股份公司,所以佐田的店形式上也是股份公司。太吉郎当然是经理,但交易都委托给掌柜(如今称专务或常务)

打理。不过，传统生意人的老规矩多少还是保留了下来。

太吉郎打年轻时候起就有名士气质，而且不愿和人往来。他丝毫没有为自己的染织作品举行个展的野心。即便举办了，他的设计在当时太过新奇，想必也很难卖出去。

上一代的当家太吉兵卫，总是闷声不响地看着太吉郎做活计。其实，太吉郎并不缺少那些能画时髦花样的内部图案设计师和外面的画家的本领。当太吉兵卫发现太吉郎不是天才，毫无长进，只是靠着麻药的魔力绘制出一些奇奇怪怪的友禅织的画稿时，立即将他送进了医院。

轮到太吉郎当家时，他的那些画稿也已显得寻常无奇了。太吉郎对此很伤心。他到嵯峨的尼庵独居，也是为了在构图方面获得意想不到的灵感。

战争过后，和服的花样发生了显著的变化。他想到，过去靠麻药绘制的奇怪花样，如今看来，反而富有新鲜的幻想。可此时的太吉郎已经五十过半了。

"干脆照古典风格干吧。"太吉郎有时嘴里嘀咕着。从前那些卓荦的东西不断浮现于眼前,他满脑子都是古织物残片、古时衣裳的纹样与色彩。当然,他也到京都的名园和山野写生,为和服图案搜集素材。

正午时分,女儿千重子来了。

"爸爸,要吃森嘉的汤豆腐吗?我买来啦。"

"哦,有心了……吃森嘉的豆腐我固然高兴,可是更高兴的是千重子看我来啦。待上一个晚上,让爸爸歇歇脑筋,想出个新花纹来……"

身为绸缎批发商的老板,其实没有必要绘制画稿,画画反而会耽误做生意。

然而,太吉郎就连在店内时,也在客厅后窗旁边摆上书桌——窗外是立着切支丹灯笼的中庭——一坐下来就是半天工夫。书桌后面有两个古老的桐木壁橱,放着中国和日本的古织物残片。壁橱一侧的书箱,装满了各国绸缎的图录。

最里头的仓库楼上,原样保存着诸多能乐的戏装、武官的朝服等,还有不少南洋各国的印花绸子。其中也有自太吉郎的上一代,或再上一代起搜集的古董。举行古织物残片展览时,若是有人求购,太吉郎总是冷冷地断然拒绝:

"吾家遵照先祖遗训,概不出售。"

因为是京都的老屋,有人上厕所,就得打太吉郎桌边逼仄的走廊上通过。他看了就皱起眉头,忍着不吭气儿。可是一旦店里有人嚷嚷,他就会厉声喝道:

"不能安静一些吗?"

跪坐的掌柜双手触地,谦恭地说:"是大阪来了客人。"

"他们买不买没关系,批发商多的是!"

"都是我们的老主顾哪!"

"买绸缎靠的是一双眼!靠嘴买,不是一点眼力都没有吗?生意场的人,只要瞥一眼就够了。别看我们的货都很便宜。"

"是的。"

太吉郎在桌子和坐垫底下铺着一块异国风格的地毯，他的周围挂着南洋名贵印花绸幔子。这巧思出自千重子。帷幔可以使店内的杂音得以缓和，千重子时常更换。每换一次，父亲就感受一次千重子的孝心，并把这些帷幔的来历告诉女儿：这是爪哇的，那是波斯的，是哪个时代、什么图案。这种详细的解说，千重子有时也听不明白。

"做提兜太可惜，裁成茶巾又嫌大。要是缝腰带，可以做好几条呢。"有一次，千重子环顾着帷幔说道。

"拿剪刀来……"太吉郎说。

父亲果然用剪刀灵巧地将帷幔裁成了几片。

"来，用这个给千重子做条和服腰带，不错吧。"

千重子吓了一跳，眼睛湿润了。

"不行呀，爸爸！"

"好了，好了，千重子扎上这条腰带，说不定会激发我绘制画稿的灵感哩！"

千重子去嵯峨的尼庵，扎的就是这条腰带。

太吉郎当然立即看到了女儿的印花绸腰带,但他装作不在意。印花绸的花纹显得大气、艳丽,颜色浓淡相宜。不过,作为父亲,让花样年华的女儿扎这种腰带合适吗?他想。

千重子将半月形的饭盒放到父亲身边。

"现在吃饭吗?稍等一会儿,我去准备汤豆腐。"

"……"

千重子站起来,随即回头望望门外的竹林。

"已经是竹叶萧森的秋天啦。"父亲说。

"围墙几近毁坏,倾斜了,剥落了,就像我这个样子啊。"

千重子听惯了父亲的话,也没过去安慰安慰他。"竹叶萧森……"她只是重复着刚才父亲说的话。

"你来时路上的樱花怎么样了?"父亲轻声地问。

"散落的花瓣都漂浮在池水上。山间嫩绿的树林里,还剩下一两棵尚未落尽的樱花树,从稍远的地方望过去,反而显得很好看。"

"嗯。"

千重子到里屋去了。太吉郎听到切葱和刮鲣鱼二的声音。千重子把樽源汤豆腐的工具备齐后拿出来。——这些餐具都是从家里带过来的。

千重子一心一意伺候父亲吃饭。

"你也一块儿吃吧。"父亲说。

"嗯,好呀……"千重子答道。

父亲从肩头到前胸打量着女儿,说:

"太素净了。千重子只穿我画的纹样,这样的设计也只有你穿。净是些卖不出去的东西啊……"

"我就爱穿这样的花色,只要我喜欢就行。"

"唔,太素净了。"

"虽说素净些,可是……"

"一个年轻姑娘家,太素了,不好。"父亲突然严肃地说。

"可懂行的人看了都说好呢……"

父亲一声不响了。

现如今，太吉郎打画稿只是出于兴趣，玩玩罢了。一个多少转向平民化的批发店，掌柜为了照顾老板的面子，也只好叫人把太吉郎的画稿印染个两三件。其中，由女儿千重子主动挑一件，做成衣服穿，料子要选上好的。

"不一定老是穿我设计的花样。"太吉郎说，"也不必一直穿自家店的料子嘛……不必讲究情面。"

"情面？"千重子迷惑不解，"我没有讲究什么情面啊。"

"我说千重子呀，你要是穿得华丽些，早就有人喜欢上啦。"平素不大爱笑的父亲，这时也呵呵笑起来了。

千重子照料父亲吃汤豆腐时，很自然地看到了父亲的大书桌，那上面不见一张京染的画稿。

书桌一角，只有江户泥金画砚台盒和两本高

野抄本残片[1]的复制品（其实就是字帖）。

父亲住到尼庵里，该不是想忘掉店里的生意吧？千重子思忖着。

"六十方学书呀。"太吉郎羞愧地说，"不过藤原[2]写假名的流畅线条，对于制作画稿倒是很有用处。"

"……"

"真难为情，手都发抖了。"

"字写得大一些嘛。"

"已经写得够大的啦，可是……"

"砚台盒上的旧佛珠是？'

"啊，那个呀，是向庵主讨要的。"

"爸爸戴着它拜佛吗？"

"用当今的话说，哈，算个吉祥物吧。含在嘴里，有时候真想咬碎呢。"

"啊，多不卫生呀。沾着好多年的手汗，太脏

---

[1] 高野山所藏笔帖残片，现存最古的《古今和歌集》的抄本断简，一说为纪贯之笔墨。
[2] 此处似指藤原公任（966—1041），平安中期歌人，因政治失意而转向文学，晚年隐居出家。

啦!"

"脏什么?那手垢不正体现了两三代尼姑的虔诚之心吗?"

似乎触动了父亲的隐痛,千重子默默低下头。她把吃过汤豆腐的用具收拾了一下,端回厨房。

"庵主师傅,她……"千重子从里屋走出来。

"兴许快回来了。千重子你怎么走呀?"

"我从嵯峨走着回去。眼下岚山游人很多,我倒更喜欢野野宫、二尊院小道,还有仇野。"

"你小小年纪,净喜欢那种地方,将来好叫人担心哪。可不要学我啊。"

"女人怎么会和男人一样呢?"

父亲站在廊缘上,目送着千重子。

老尼姑不多会儿就回来了。她立即打扫起院子。

太吉郎坐在桌前,脑子里出现了宗达[1]和光

---

1 俵屋宗达(生卒年不详),江户初期画家,长于装饰画和水墨画。代表作有《风神雷神图屏风》《莲池水禽图》。

琳[1]的蕨菜图,还有春日的花草画,心里想着刚刚离开他回家去的千重子。

来到乡间小路上,父亲隐居的尼庵就被竹林遮掩起来了。

千重子打算到仇野的念佛寺参拜。她顺着古老的石阶爬上左边的悬崖,到达有两尊石佛的地点时听到上面人声喧嚷,千重子立即站住了。

几百座数目不详的残破的石塔都属于所谓的无缘佛[2]。近来,有些摄影团体让一些打扮得奇奇怪怪、穿得薄如蝉翼的女子,站到小石塔群间照相。莫非今天也是这样吗?

千重子从石佛前下了石阶,又想起父亲的话来。

为了躲开岚山春游的客人,跑到仇野和野宫这种地方,确实不像是一位年轻姑娘的作

---

[1] 尾形光琳(1658—1716),江户中期画家。初学狩野风,而后倾向于光悦、宗达的装饰画风,创造出大胆而华丽的画风,对泥金画、染织等工艺影响巨大。

[2] 指没有亲人供养的死者或其亡灵。

派。这比起穿着父亲设计的素净图案的衣服，更加……

"爸爸在那座尼庵，好像什么也没干呀。"千重子心里泛起淡淡的寂寥之情，"咬着那沾满手垢的古老佛珠，他究竟想些什么呀？"

千重子知道，父亲待在店里，有时也是强忍着激烈的情绪，就像要一口咬碎佛珠似的。

"倒不如咬自己的手指头更好呢……"千重子喃喃自语，随后摇摇头。接着，她又把心思转到和母亲二人一起到念佛寺撞钟的事情上了。

这座钟楼是新建的。母亲个子小巧，撞钟也不响亮。

"妈妈，憋足气！"千重子将手掌和母亲的手掌握在一起，这下子撞得很响。

"真的呢，响声传得好远！"母亲开心地说。

"哎呀，到底和常常敲钟的和尚不一样。"千重子笑了。

千重子一边想着这些往事，一边沿小路向野野宫走去。这条小路的牌子上曾写着"竹径通幽"，也不是很早以前的事。但是眼下,昏暗处变得明亮多了,门前的小卖部也是吵吵嚷嚷的。

但是,这小小的神社至今也没有改变。《源氏物语》里也写着呢,奉仕伊势神宫的斋宫(内亲王)[1]在这里幽居三年,斋戒沐浴,洁身自好。据说这里就是宫居遗址。带有树皮的黝黑的木造牌坊,还有那柴枝篱笆,皆广为人知。

从野野宫前沿着野外的道路走下去,景色逐渐开阔起来,前方就是岚山。

千重子来到渡月桥岸边的松树林,在这里乘上公共汽车。

"回到家里,妈妈问起爸爸来,说些什么好呢?妈妈会不会早就知道了?"

明治维新前,中京的商店都在所谓"铁炮烧""咚咚烧"的大火[2]中焚毁了,太吉郎的店铺

---

1 天皇即位时选未婚皇女(内亲王)奉仕伊势神宫,赴任前需斋戒。此规制自崇神天皇始,至后醍醐天皇终。
2 指1864年7月19日禁门之变爆发时的京都大火灾。街道中响起铁炮声,故名"铁炮烧"。火势迅速蔓延,不容扑救,故名"咚咚烧"。

也未能幸免。

因此,这一带的商店,虽说有土红的格子门,楼上开着小棂窗,保持着古老的京都风格,实际上都还未经过一百年。——据说,太吉郎店内最里面的土仓在这场大火中幸免于难……

太吉郎的店几乎没有随世俗而改变,这固然取决于老板的性格,但也跟批发商的生意逐渐冷清有关系。

千重子回来了,她打开格子门,可以一眼望到底。

母亲阿繁坐在父亲平素常坐的书桌边抽烟,左手支撑着腮帮,隆着脊背,看上去像在读书或写字,可是桌面上没有任何东西。

"我回来啦。"千重子站到母亲身旁。

"啊,回来了?辛苦啦。"母亲这才返过神来,"你爸爸在干些什么?"

"这个嘛,"千重子正犹豫着,"我买豆腐带去了。"

"森嘉的吗?爸爸一定很爱吃。汤豆腐……?"

千重子点点头。

"岚山怎么样?"

"人很多……"

"没叫爸爸送你到岚山吗?"

"没有,庵主不在家……"

接着,千重子还说:"爸爸好像一直在练字呢。"

"练字哪。"母亲好像没什么意外,"练字可以使心神安宁,我也有这样的体会。"

千重子瞅了瞅母亲白皙而端庄的面庞,看不出她心里在想些什么。

"千重子。"母亲轻轻叫了她一声。

"千重子,你呀,也可以不继承这个店里的生意啊……"

"……"

"想嫁人,那就嫁人得啦。"

"……"

"你听见了吗?"

"为什么要说这些呢?"

"一句话也说不清,妈妈也都五十了,我可是想清楚了才跟你说的。"

"干脆把店关掉算了,不行吗……?"千重子一双美丽的眼睛湿润了。

"瞧你,都说到哪里去了呀……"母亲微笑起来。

"千重子,你说家里的生意不如不做了,是真心话吗?"

母亲声音虽不大,但很有威严。——母亲刚才的微笑,难道是自己看错了吗?千重子想。

"是真心的。"千重子答道。她心里一阵发疼。

"我没有生气,不要那样哭丧着脸嘛。青年人能说会道,老年人拙口笨腮,究竟谁更孤独,你一定很清楚。"

"妈妈,原谅我吧。"

"说什么原谅不原谅的呀……"

这回母亲倒是真的微笑了。

"妈妈的话似乎也和前面对你说的不太一样

啊……"

"我呀,一下子不知怎的,说了些什么连自己也不知道了。"

"人哪——女人也一样,说到哪儿就算哪儿,不要变卦嘛。"

"妈妈。"

"你在嵯峨,对你爸爸也是这么说的吗?"

"没有,我对爸爸什么也没说……"

"是吗?也跟爸爸说说看……男人哪,听了可能会发火,可心里头一定很乐意。"母亲扶住额头,"我坐在爸爸的书桌旁边,就会想起他的一些事。"

"妈妈,你都知道了吧?"

"知道什么呀。"

母女俩好半天都一言不发。千重子再也坐不住了:

"要准备晚饭了,我到锦市场[1]买点什么吧。"

---

[1] 位于京都中京区的著名食品市场,号称"京都的厨房"。

"好的,辛苦你啦。"

千重子站起来,要到店铺那边去,她下了土间[1]。原来,这土间很狭长,一直通向里间,而且在店铺对面的墙上,开了一排黑黢黢的锅灶。厨房就在那儿。

如今也用不着锅灶了。锅灶里面安着煤气炉,铺了地板。过去,下边铺的是泥灰,这里又是风口,在京都寒冷的冬季非常难熬。

但是,锅灶没有被毁掉,多数家庭都还保留着。也许是人们依然信奉火神——灶王爷的缘故吧。锅灶后面供奉有镇火牌位,还摆着许多布袋佛。布袋佛要配够七尊,每年初午[2]去参拜伏见的五谷神,都买来一尊添上。若是家里死了人,得从最初的一尊开始,重新配齐。

千重子店里的火神,配齐了七尊。家里只有父母和女儿三口人,这七年到十年里,也没有死

---

1 日式住房门内地面较低且不铺地板的地方。
2 2月的首个午日,自古有在各地稻荷神社举办初午祭的习俗。

过人。

火神的一侧放着白瓷花瓶,每隔两三天,母亲就给花换水,仔细擦干净座架。

千重子提着菜篮子刚刚出门,立即看到一个青年男子走进自家的格子门。

"银行的人吧。"

那人好像没有看到千重子。

是平时常来的年轻银行职员,看来也没有什么可担心的,千重子想,脚步却随之沉重起来。她紧靠着店前的一排木格子,用手指尖轻轻划着一根根格子走过去。

走到店头没有格子的地方,千重子回头看看店铺,又扬起脸来。

二楼小槛窗前的古老招牌映入她的眼帘。这块招牌连着小小的屋顶,似乎是老铺的标记,又像一种装饰。

春日和煦的夕阳无力地照射着招牌上古旧的金字,反而显得有些寂寥。店前厚厚的棉布门帘也泛白了,露出粗疏的纹路。

"唉,即使平安神宫绯红的枝垂樱,凭现在的心情看,也会觉得没意思啊。"千重子加快了脚步。

锦市场还像平时那样熙熙攘攘。

千重子走回父亲的店铺附近,遇到了白川女[1]。千重子首先打招呼。

"到我家做客吧。"

"哎,谢谢啦。小姐回来啦?真巧,在这儿……"姑娘说,"您上哪儿去啦?"

"锦市场。"

"好能干呀。"

"这是供神的花吧……?"

"是啊,谢谢您每次都惠顾……喜欢吗?看看。"

说是花,其实是杨桐,说杨桐,也就是一束嫩叶。

每月初一和十五,白川女就送花来。

---

[1] 居住于京都东北的北白川地区、在京都市内叫卖花草的女性。

"今天碰上小姐,真开心啊!"白川女说。

千重子也挑了一支长出嫩叶的小枝条,心里好一阵子激动。她一只手攥着杨桐枝回家去,一进门就喊道:

"妈妈,我回来啦!"千重子的声音很清亮。

千重子将格子门打开了一半,再看看大街。卖花的白川女还在那儿。

"进来歇歇吧,喝杯茶。"她打着招呼。

"好的,谢谢啦。您说话总是那么亲切……"姑娘应和着,然后,抱着一束花草走进土间,"这些花草也没多大用处,不过……"

"谢谢,我很喜欢花草,你真是个有心人啊……"千重子眺望着山野里的花草。

门口的锅灶前有一口老井,盖着竹编的井盖。千重子把花草和杨桐枝搁在井盖上。

"我拿剪刀来。对啦,杨桐叶要洗洗干净……"

"剪刀这儿有。"白川女用剪刀咔嚓咔嚓剪了几下剪刀,"您家的灶神总是这么干净,我们这些卖花的实在很感动。"

"我妈妈太爱干净……"

"我以为是小姐……"

"……"

"近来好多人家的灶神、插花、水井都脏兮兮的,上面积满了灰尘,连我们卖花的看了都觉得寒碜。一到您家就安心了,真叫人高兴。"

"……"

至于生意场上一天天衰落下去之类的事情,千重子都没跟白川女提起过。

母亲依然坐在父亲的书桌前面。

千重子把母亲叫到厨房里,给她看从市场买来的东西。母亲看见女儿从篮子里一样样拿出来摆好了,心想,这孩子也懂得俭省了。可能也是想着父亲去了嵯峨的尼庵,不在家里……

"我也帮帮你吧。"母亲站在厨房里,"刚才来的是那个卖花姑娘吧?"

"嗯。"

"嵯峨的尼庵,有你送给爸爸的画册吗?"母亲可。

"哦,我没在意啊……"

"你给的那些,好像是带去了。"

那是保罗·克利[1]、马蒂斯[2]、夏加尔[3]以及更为现代抽象的画家的画集。千重子给父亲买这本书,是想唤起他新的灵感。

"我们店里,本来不需要你爸爸亲自打画稿的,只要看中了别处印染的东西,卖出去就行。可你爸爸呀……"母亲说。

"可是千重子净喜欢穿爸爸画的和服,连妈妈我,都要谢谢你这个女儿呀。"母亲继续说。

"谢什么呀……我喜欢才穿的嘛。"

---

1 保罗·克利(Paul Klee,1879—1940),瑞士裔德国画家。早年受象征主义与年轻派风格的影响,后期倾向印象派、立体主义、野兽派和未来派。代表作有《亚热带风景》《老人像》等。
2 亨利·马蒂斯(Henri Matisse,1869—1954),法国画家,野兽派创始人。代表作有《豪华、宁静、欢乐》《开着的窗户》等。
3 马克·夏加尔(Marc Chagall,1887—1985),出生于俄国的犹太裔法国画家,其作品的内容多为故乡自然风物和人间情爱,想象力丰富,色彩明亮而宁静。

"你爸爸他看到女儿的和服腰带,不觉得有点儿土气吗?"

"妈妈,虽说素了些,可仔细一看,还是满有意思的,还有人夸奖呢。"

千重子想起来,今天对父亲也是这么说的。

"漂亮的女孩,有时候反倒穿素净些更合适。不过……"母亲打开锅盖,用筷子试了试东西煮熟了没有,她接着说道:

"你爸爸怎么就不能画一些鲜亮的、当今正在流行的花样呢?"

"……"

"过去呀,你爸爸他也画过一些高级、时髦的、新奇、惹眼的花样……"

千重子点点头:"妈妈怎么没有爸爸设计的和服呢?"

"妈妈已经老啦……"

"一天到晚老了老了的没个完,您才多大呀!"

"老了就是老了嘛……"母亲只是叨咕。

"那位被誉为人间国宝的小宫先生,他画的江户小花纹,年轻人穿在身上反而很光鲜,惹得过路人都要回头瞧上几眼呢。"

"小宫先生这样的大人物,你爸爸怎好和人家相比呢?"

"爸爸是着眼于精神的深层……"

"别说得那么玄妙啦。"母亲动了动她那京都女子特有的白皙的容颜,"你听着,千重子,你爸爸他说过,等你举办婚礼的时候,一定给你做一件色彩鲜艳的婚礼和服……妈妈很早就巴望着这一天呢……"

"我的婚礼……?"

千重子的神情显得有点黯淡,她沉默了好大一会儿。

"妈妈,您过去的生涯中,有没有神魂颠倒的时候呢?"

"这个嘛,以前也许跟你说过,一个是在我和你爸爸结婚的时候,还有我们两个抢了你这个可爱的婴儿逃走时。抢了千重子,坐车逃掉啦,就是那时候。已经过去了二十年,如今一想起来,心里还是怦怦直跳呀。千重子,你摸摸看妈妈的心口。"

"妈妈,您不是说我是弃儿吗?"

"不对,不对!"做娘的一个劲儿摇头。

"人在一生当中,总会干上一两件可怕的坏事。"母亲继续说。

"抢人家的孩子,罪孽比盗窃金银财宝还要深重,也许比杀人犯还可恶啊!"

"……"

"千重子的亲生父母,一定是急得发疯啦。一想到这些,恨不得马上还给人家,可怎么还呀?千重子你若要寻找生身父母,我们也只好认啦……可我这个当妈的,也就不活啦!"

"妈妈,不要再提这些事啦……千重子的妈妈只有一个,那就是妈妈您哪。我就是这么想着长大的……"

"我知道,正因为这样,我更感到自己罪孽深重……我和你爸爸都想好了,早晚要下地狱。但能捡个如花似玉的女儿,下地狱又算得了什么。"

母亲的语调很激动,她泪流满面。千重子看着她,眼里也含着泪水。她说:

"妈妈,您对我说实话,千重子到底是不是弃儿?"

"不是,我都说过了……"母亲又是摇头,"千重子干吗老是这么想呢?"

"我不相信爸爸妈妈会抢人家的小孩。"

"刚才我说了,人这一辈子,总要有那么一两次鬼迷心窍,干下可怕的坏事。"

"那么说,千重子是在哪里拾到的呢?"

"开满夜樱的祇园。"母亲滔滔不绝讲述起来,"以前也许说过吧,樱花树下的椅子上,躺着一个可爱的婴儿,看着我们笑得像一朵鲜花,叫人舍不得离开。一抱起来,心里就'咯噔'一下,再也受不了了。我贴着婴儿的小脸蛋,盯着你爸爸,他说:'阿繁,干脆抱走吧,啊?阿繁,快跑,快跑啊!'接着,就一个劲儿逃啦。记得在平野芋棒店[1]门口慌慌张张跳上了车……"

"……"

"婴儿的母亲离开了一会儿,我们钻了个空子。"

母亲说得头头是道。

"这都是命……后来,你就成我们家的孩子。一闪都过了二十年了不是?对你而言是好是坏呢?即便好,我也是打心眼儿里合掌祈祷,求你原谅。我永远对不起你,你爸爸想必也是一样的心情。"

"交好运了,妈妈,是交好运了。我一直是这么想的。"千重子用双手捂住眼睛。

不管是拾来的还是抢来的,千重子在户籍上是佐田家的女儿。

千重子头一回听父母表明自己不是亲生女儿那时,就没有什么太大的感觉。初中时代,千重子听父母谈起这事来,还以为自己做错了什么事,

---

[1] 芋棒,即芋头煮鳕鱼,京都名料理。位于圆山公园内的平野本店,是具有三百年历史的老铺。

惹父母生气了呢。

兴许父母怕周围邻居对千重子说三道四,觉得倒不如先主动说明为好。或者,他们相信千重子对父母的一片亲情,心想女儿都这么大了,是能分清是非的。

千重子确实感到惊讶,不过,她也没觉得怎么难过。即便青春期到来,也没有为这件事而苦恼。她对太吉郎和阿繁的亲情依然不变,也没有特别往心里去,更没有着意去消除什么误解。这也是千重子的性格决定的。

但是,假如不是亲生女儿,那么自己的亲生父母总该生活在某个地方,也许自己还有兄弟姐妹。

"虽说不想见面……"千重子想,"他们一定活得比这里更苦吧?"

对于千重子来说,这些事情毫无头绪,倒是记挂起生活在这座古老格子门内的父母来,他们的满腔愁绪也一起涌上她的心头。

在厨房里,千重子用手捂住眼睛,就是因为

这个原因。

"千重子，"母亲阿繁将手搭在女儿的肩膀上，摇晃着说，"过去的事就不要再问啦。这世界上，随时随地都会有掉落的珍珠。"

"珍珠，好一颗珍珠呀，要是能镶到妈妈的戒指上，那就更好啦……"千重子说着，手脚勤快地干起活儿来。

吃过晚饭拾掇好了之后，母亲和千重子上了里屋的二楼。

面朝街道开着小棂窗的二楼，房间简陋，天棚低矮，是给小伙计们住的。从中庭一侧的走廊，可以直接通向里间的二楼。从店内也能上楼去。二楼一般是接待上等顾客或供客人住宿的地方。如今，普通客人都是在面向中庭的客厅里谈生意。虽说是客厅，但一直从店面连接到里屋，货架上放着绸缎，客厅两侧也是堆积如山。房子又长又宽，更便于把东西摊开来挑选。这里一年到头铺着藤席。

里边的楼上房间，天棚很高，有两间是六铺

席的。这里是父母和千重子的起居室兼卧室。千重子对着镜子坐着,散开头发,长长的秀发梳理得很整齐。

"妈妈!"千重子向隔扇对面呼喊着母亲,声音里满含着种种思绪。

一

和服街

京都作为大都会，树木的叶色很漂亮。

修学院离宫以及御所的松林、古寺广阔庭院中的树木自不必说，还有这城中的木屋町和高濑川岸上成排的垂柳，五条和堀川的一条条垂柳林荫道，一下子就映入了游人的眼帘。这是真正的垂柳！碧绿的枝条一直垂到地面，柔情似水。北山的红松也一样，描画着一个个柔和的圆，团团树影，绵延不绝。

眼下正值春天。东山已经出现了青翠的绿叶。碰到晴天，也能隐约看见比睿山嫩绿的叶色。

树木的美艳在于城市的清洁，兴许是街道打扫得很干净的缘故吧。祇园那里，一走进小路，晦暗而古旧的小房屋鳞次栉比，路面上一尘不染。

织造和服的西阵一带同样如此。即便那些触目神伤的小店拥挤在一块儿,周围的路面也并不脏污。有着小格子门的,也不见落满灰尘。植物园等地也是一样,没有人随地丢废纸。

美军原本在植物园盖了营房,自然是禁止日本人出入的,但军队一撤走,又恢复了原来的样子。

西阵的大友宗助过去常到这里来。植物园里有他喜欢的林荫道,是成排的樟树。樟树不是大树,道路也不长,可他经常来这里散步。即使是樟树发芽的时节……

"那些樟树,不知怎样了。"在织机的声响里,他也曾这样念叨。会不会被占领军给砍了呢?

宗助等着植物园重新开放。

出了植物园,从那里沿着鸭川河岸再登上一段坡路,这是宗助散步的习惯。有时一边走路,一边望望北山,大抵都是独自一人。

植物园和鸭川,宗助最多待一个小时光景。

不过,这种散步倒使人念念不忘。他正在回忆往事。这时,妻子叫他了:

"佐田先生的电话!好像是从嵯峨打来的。"

"佐田先生?嵯峨……?"宗助说着,向账房走去。

织造商宗助和批发商佐田太吉郎两个人,宗助要年轻四五岁。抛开生意场上不说,他们是情投意合的朋友,青年时代也曾经是"损友",不过近来多少有些疏远了。

"我是大友,好久不见啦……"宗助在电话里说。

"哦,是大友君。"太吉郎的声音异常兴奋。

"听说您去了嵯峨?"宗助问。

"我在嵯峨僻静的尼庵里躲清静呢!"

"好奇怪呀。"宗助故意说得很郑重,"尼庵也有各种各样……"

"哪里,这是真正的尼庵……只有一位上了年纪的庵主……"

"您真行,庵主一个人,您可以和年轻女孩……"

"胡说什么!"太吉郎笑了,"今天呀,我求你大友君一件事。"

"好的,好的。"

"我到你那里去一下,行吗?"

"欢迎欢迎。"宗助有点疑惑,"我这里忙得脱不开身,电话里也能听到织机的响声吧?"

"说实在的,这声音听起来,好叫人怀念啊!"

"瞧您说的,要是这声音没了,叫我怎么办?这里可不同于清静的尼庵啊。"

佐田太吉郎坐上车,不用半小时就到了宗助的店里。他眼里闪着光芒,立即打开包袱皮。

"这个,我想拜托你……"他展开画稿。

"哦?"宗助瞧着太吉郎的脸,"和服腰带啊!这是佐田先生制作的图案,好华丽呀!嗬,是送给您藏在尼庵的人的吧……"

"又来了……"太吉郎笑了,"是给我家闺女的。"

"哎,要是织成腰带,小姐指不定会吓一大跳。瞧,这种腰带,她怎么会要呢?"

"不瞒你说,千重子送给我厚厚两三本克利的画集呢。"

"克利,克利……?"

"听说是什么抽象派的先驱,柔和、高雅、充满幻想,很合乎日本老人的心理。我在尼庵反复观看,才画出这么一幅图案来。和日本古代的织物完全不同。"

"可不是嘛。"

"到底会是什么样儿,我想请你先织出来看看。"显然,太吉郎的满腔激情还没有平复。

宗助对着太吉郎的画稿瞧了半天。

"嘿,真棒,色彩搭配也不错……很好。对于佐田先生来说,这是从未有过的新尝试,格调雅致。织起来比较困难。那就用心试试看吧。力求表现出小姐的孝心和父母的慈爱来。"

"谢谢……这阵子，动不动就有人大谈什么 idea 啦、sense 啦，要不了多久，连色彩也要考虑西洋的喽。"

"那玩意儿不算高级。"

"我呀，最讨厌那些带洋词的东西。日本自王朝时代以来，不都崇尚无法形容的优雅颜色吗？"

"是啊，就说黑色吧，也五花八门。"宗助随声附和，"不过，我今天也想过，在和服腰带店中，也有像伊豆藏[1]那样的……那里盖了四层洋楼，搞得像现代工业。西阵也朝那方向走啊。一天生产五百条腰带，近来，职员也参加经营，平均年龄二十多岁。像我家这种家庭手工作坊，二三十年之后，肯定要消失的啊！"

"哪儿的话呀……"

"即使苟延残喘下来，唉，还不成了无形文化财产之类的玩意儿啦？"

"……"

---

[1] 此处指江户时代的伊豆藏人偶师伊豆藏喜兵卫创始的织锦作坊，1893 年开始织造西阵腰带。

"像佐田先生您这样的人,也谈论起什么克利来啦。"

"保罗·克利呀,我关在尼庵里,十天半月,昼思夜想,这腰带的花纹和颜色,不是也可以织成这个样子吗?"太吉郎说。

"画得很好,富有日本式的典雅风格。"宗助连忙说道,"不愧是佐田先生的大作。我一定织造一条上好的腰带来。我打算选个最好的式样,精心织造。对啦,还是让秀男干吧,他手艺比我强啊。就是我大儿子,您是知道的。"

"是的。"

"秀男比我织得更紧绷……"宗助说。

"那敢情好啊,拜托啦。我家虽说搞批发,但大都是向地方上供货。"

"瞧您说的。"

"这条腰带不是夏天用的,是秋天用的,虽说时间还早……"

"哎,我知道。这副腰带,适合什么样的和服呢?"

"我先想到了腰带……"

"您是批发商,和服可以随时选择上好的料子……怎么都可以。看样子,是要给小姐准备嫁衣了吧?"

"哪里,哪里。"太吉郎听了,像是说自己似的红了脸。

据说,西阵的手工织锦作坊很难传到第三代,这是因为手工织造属于工艺,即使父辈是一名优秀的织工,有一副好手艺,也不一定就能传给儿孙。儿子按照父亲的技艺,毫不怠惰,孜孜以求,也不见得就能很好掌握。

但是也有这样的情况:孩子到了四五岁,首先让他学习缫丝,到了十一二岁,开始练习操作织机,不久就能承包外来的活计。所以,子女众多的人家,可以养家糊口,振兴家业。还有,即便是六七十岁的老太太,在自宅里也能缫丝。因而在有的家庭里,老祖母和小孙女,面对面坐着干活儿。

大友宗助的家里，只有老妻一人用桄子缠丝线，她低着头从早坐到晚，年岁显得很老，也不大说话了。

家里三个儿子，每人一架高座织机，织造腰带。高座织机共有三台，这自然是情况好的家庭，也有的家里只有一台，还有的要租借别家的织机使用。

大儿子秀男正如宗助所说，技术超过父亲，在织造业和批发商之间颇有名气。

"秀男，秀男！"宗助喊着，好像没有回应。这里没有多少机械织机，只有三台木制织机，噪音也不大，宗助的声音很响亮。可是，秀男的织机位于对面靠近院子的一边，或许他在专心织着双层腰带吧，这可是难度很大的活计。要么就是父亲的呼声还嫌小，没有传到他的耳边。

"老太婆，把秀男叫到这里来。"宗助对妻子说。

"嗯。"妻子拂了拂膝盖，下了土间。她要到秀男的织机那边去，一边走，一边用拳头叩打腰眼。

秀男停住操作筘的手,朝这边看看,没有马上站起身来。也许太累了,但是知道有客人在,不好意思抡膀子,伸懒腰。他抹了一下脸,走过来。

"劳您到这种寒酸的地方来,失敬。"他对着太吉郎冷淡地打了招呼,表情和动作似乎还记挂着手里的活计。

"佐田先生画了这幅腰带图案,打算托我们家织造呢。"父亲说。

"是吗?"秀男的声音依旧显得有气无力。

"这可是很重要的腰带啊,你织比我织要更好些。"

"小姐千重子的腰带吗?"秀男这才将那张白皙的面孔对着佐田。

作为京都人,看到儿子一副冷淡的样子,父亲宗助为儿子说情道:

"秀男一大早就开始干活儿,已经很累啦。"

"……"秀男没有回应。

"不用心是干不好活儿的……"太吉郎反而安慰他。

"织那种没趣的双层腰带,脑袋还没转过来,请见谅。"秀男说着低了一下头。

"很好,一个织工,就是要这样。"太吉郎表示很佩服。

"毫无意思的东西,可关系到我们家的口碑,这就更叫人苦恼。"说罢,秀男低下头。

"秀男。"父亲改换了口气,"佐田先生和那些人不一样。你知道吗,这是佐田先生躲在尼庵里画的,不是拿去卖的。"

"是吗?哦,在嵯峨的尼庵……"

"过来看看吧。"

"嗯。"

太吉郎受到了秀男的冷遇,刚才来到大友店时的气势顿时消了大半。

画稿摊到秀男的眼前。

"……"

"你不会讨厌吧?"太吉郎讨好地问。

"……"秀男还在默默凝视着。

"你讨厌吗?"

"……"

儿子依然固执地一声不吭。

"秀男。"宗助也看不下去了,"快说话呀,怎么这样不懂礼貌?"

"唔。"秀男还是不肯抬起头来,"我是个织锦匠,也拜见了佐田先生的图案,和别的活计不一样,容不得半点马虎,这可是千重子小姐的腰带啊。"

"是呀。"父亲点点头,又有些迷惑不解,他觉得秀男和平时不一样。

"你讨厌吗?"太吉郎又问了一遍,语气也严厉起来。

"很好。"秀男沉住了气,"我没说讨厌。"

"嘴里没说,可心里头……从你眼睛看得出来。"

"是这样吗?"

"你说什么?"太吉郎站起身,打了秀男一巴掌。秀男没有躲闪。

"随您怎么打吧,我丝毫不认为佐田先生的图案不好。"

秀男的脸也许因为挨了打,变得容光焕发起来。

秀男挨了打,双手撑在地上表示道歉,也没有摸一下那半边发红的面颊。

"佐田先生,请恕罪。"

"……"

"虽然惹您生气了,但这条腰带,还是请您交给我吧。"

"好啊,我就是来拜托你们的。"

太吉郎也渐渐消了气。"我也请你原谅,都这么大年纪了,还这样,实在不像话。打人的手在发疼啊……"

"我的手要是借给你,就更好啦。手艺人的手,皮厚。"

两人都笑了。

可是,太吉郎心底里的芥蒂,还没有消失。

"我已经不记得有多少年没动手打过人啦。——这要请你原谅。不过,我想问问你,秀男君,你看到我的腰带图案时,为何表情那么古怪呢?你能不能对我说实话?"

"哦。"秀男又有些神情黯淡了,"我还年轻,又是个手艺人,不是那么很懂行。您不是说是关在嵯峨尼庵里画的吗?"

"是啊,今天还要回到那里去,还要再住半个月呢……"

"别住啦。"秀男强调说,"请您快回家吧。"

"在家里静不下心来。"

"这腰带的花纹呀,华丽、雅致又新颖,我感到很惊奇。我想,佐田先生怎么会画出这样的图案呢?所以一直盯着看……"

"……"

"乍看起来,好像很有意思,可是没有内心平静的暖意。不知为何,总有一种粗野和病态的感觉。"

太吉郎脸色青白，嘴唇发抖，说不出话来。

"不论多么僻静的尼庵，都会有狐狸精或狸猫妖作祟的，不过，佐田先生总不至于被迷住了吧……？"

"唔。"太吉郎把画稿移至自己膝旁，入神地注视着，"嗬……说得好！别看年纪轻轻的，倒很有眼力啊。多谢……我再好好考虑一下，重新画一幅。"太吉郎慌忙卷起画稿，塞进怀里。

"不，这样也很好，织出来的成品感觉会不一样。颜料和染丝，也将会使色彩更优雅……"

"谢谢了。秀男君，照这幅草图，你能把我对女儿温暖的爱心织进色彩中去吗？"太吉郎虽然这么说，却草草告别，走出大门。

眼前有一条涓涓细流，是京都特有的小河。岸边草也以旧有的形状向水面倾斜。岸边的白墙大概就是大友家吧？

太吉郎将怀里的腰带画稿揉作一团，扔进小河。

嵯峨突然来了电话,说是叫阿繁带上女儿去御室赏樱,她一时没了主意。她从来没有同丈夫一起赏过樱花。

"千重子,千重子!"阿繁求助般地呼喊着女儿,"你爸爸的电话,过来一下……"

千重子来了,她扶着母亲的肩膀接电话。

"好的,领妈妈一块儿去。就在仁和寺前的茶店门口等我们好啦。这就走……"

千重子撂下电话,望着母亲笑了。

"是邀我们赏花去的。妈妈,你干吗这样啊?"

"怎么还约我去呢?"

"听说御室的樱花,现在开得正盛呢……"

千重子催促着还在犹豫不决的母亲走出店门。母亲心里似乎还是有点不踏实。

御室有明樱和八重樱,在城里的樱花中属于迟开的花,或许是京都花事最后的盛筵。

进了仁和寺的山门,左手是樱花林(或称樱

园），繁花满枝，弯弯低垂着。

可是，太吉郎却说："啊呀，这里真叫人受不了。"

通往樱花林的路上，摆着好些大座凳，人们吃喝谈唱，吵吵嚷嚷，一片狼籍。一群乡下老妈子，兴致勃勃地跳着舞。一个醉汉，鼾声如雷，从座凳滚到了地上。

"这简直是胡闹！"太吉郎颇为失望，他停住脚步。三个人没有进入樱花林。不过，御室的樱花，他们很早就熟悉了。

后面的树林里，在焚烧赏花客丢下的垃圾，烟雾腾腾。

"怎么样，躲到安静些的地方去好吗？阿繁？"太吉郎说。

他们正要折回去，这时，樱花林的对面，原本坐在高大松树下座凳上的六七个穿着民族服装的朝鲜女子，正敲着朝鲜大鼓跳朝鲜舞。这一带显得风雅得多。松树的绿色之间，可以窥见山樱的芳姿。

千重子伫立不动,一边观看朝鲜舞蹈,一边说道:

"爸爸,还是安静的地方好啊,到植物园看看吧?"

"走吧,应该是个好去处。御室的樱花,瞧上一眼,也算对得起春天的情分啦。"太吉郎出了山门,上了汽车。

植物园四月起重新开放,从京都车站开往植物园的电车也恢复正常,一趟接着一趟。

"要是植物园人也很多,可以到加茂川岸边散散步。"太吉郎对阿繁说。

车子行驶在新叶滴翠的街道上,比起新建的房屋,古色古香的旧式住家,更能映衬出嫩叶的鲜丽。

从植物园门前的林荫道开始,这一带的景色宽阔而又明亮。左首是加茂川的河堤。

阿繁把门票掖在腰带里。这里开阔的景象,

使她的心胸也随之放松下来。平时待在批发街，只能望望山尖，况且，阿繁也很少到店前的大街上去。

走进植物园，迎面的喷水池周围开满了郁金香。

"这里的景色不像是京都，确实是美国人住过的地盘了。"阿繁说。

"瞧，那后头就是。"太吉郎答道。

走近喷水池，不见有春风吹过，却飘散着细细的水珠。水池左方，盖起了一座钢架玻璃穹顶的大温室。三人没有进入温室，只是隔着玻璃看了看热带植物，短暂地散散步。道路右侧，高大的雪松抽芽了，下边的枝条铺展在宽阔的地面上。虽说是针叶树，那新芽的柔软润绿却很难叫人联想起"针"字。雪松和落叶松不同，不属于落叶树，假若是落叶松，还会长出这样梦幻般的嫩芽吗？

"我挨了大友儿子好一顿数落呀。"太吉郎冷不丁地冒出了一句。

"他比他父亲更能干,眼光敏锐,一针见血。"

太吉郎只顾自言自语,阿繁和千重子当然不知道他在说什么。

"您见到秀男师傅啦?"千重子问。

"听说他一手好技艺呀。"阿繁也附和道。话题就此打住,太吉郎平时就不喜欢人家追根究底。

由喷水池向右,走到尽头,再向左拐,似乎是儿童游乐场,听得到孩子们的嬉闹。草地上整齐地堆放着许多小小的行李。

太吉郎一家三口沿着树荫拐向右方,没想到已经进入郁金香园。鲜花朵朵,争妍斗艳。千重子不由惊叫起来。红、黄、白,还有暗紫色,花轮硕大,满园摇曳。

"啊,新和服上倒是可以用郁金香呀。虽说以前觉得有点呆板……"太吉郎叹息了一声。

如果说雪松下方的枝条如孔雀开屏,那么,

这里盛开的五颜六色的郁金香,应该像什么呢?太吉郎凝神眺望着。花朵的颜色浸染了空气,一直渗进心底。

阿繁稍稍离开丈夫,一直紧紧挨着女儿千重子。千重子觉得有点奇怪,但没有表现在脸上。

"妈妈,那站在白色郁金香前边的一伙人,好像是相亲的啊。"千重子悄悄对母亲说。

"嗨,可不是嘛。"

"不要再看啦,妈妈。"女儿拽了一下母亲的衣袖。

郁金香园前边有泉水,养着鲤鱼。

太吉郎离开座凳,走到郁金香花近旁仔细观看。他猫着腰认真窥探花朵的内部,然后回到娘儿俩跟前。

"西洋的花虽说很鲜艳,看一次就厌啦,爸爸还是觉得竹林好。"

阿繁和千重子也站起身来。

郁金香园被树林包围,是一片洼地。

"千重子,植物园是西洋庭园吗?"父亲问女儿。

"这个嘛，我不太清楚，似乎有点像。"千重子回答，"为了妈妈，再多待一会儿吧。"

太吉郎无可奈何地又在园子里走起来。

"佐田先生吧……？果然是佐田先生！"太吉郎被叫住了。

"哦，大友君，秀男君也一道来啦？"太吉郎说道，"真没想到……"

"啊，我们也没想到……"宗助深深鞠了一躬。

"我喜欢这里的樟树林荫道，一直巴望着重新开放。这些樟树树龄都有五六十年啦。我们是一步步遛达过来的呀。"宗助再度低下头，"前几天，儿子多有冒犯……"

"年轻人嘛，可以理解。"

"是从嵯峨来的吗？"

"嗯，我是从嵯峨来的，她们娘儿俩是从家里……"

宗助走近阿繁和千重子身边，打了招呼。

"秀男君,这郁金香怎么样?"太吉郎不客气地问。

"花是活的。"秀男说话还是那么生硬。

"活的?嗯,确实是活的。可是我看得有点厌烦,对着这满园的花……"太吉郎转过脸去。

花是活的,生命虽然短促,可是活得明朗。明年又会含苞待放。——这就像大自然活着一样……

太吉郎好像又被秀男戳了一刀,心里有些窝火。

"我眼拙,看不准。用郁金香做和服衣料和腰带的花纹,我虽然不喜欢,但只要出自优秀画师之手,哪怕是郁金香图案,也将有着长久的生命。"太吉郎的脸依旧转向一边,"古代织物的残片也是如此,甚至有比这座古都更古老的残片,那般鲜艳夺目,已经没人会织造了,只好模仿。"

"……"

"即使是活着的树木,也有比这京都更古老

的，不是吗？"

"我不是故作深奥。我每天嘎嗒嘎嗒织锦，从不会考虑什么高尚的东西。"秀男低下头，"不过，这么说吧，例如千重子小姐，她要是站在中宫寺和广隆寺的弥勒佛面前一比较，小姐就更显得光彩照人啦。"

"这话你对千重子说说看，也让她高兴一下。不过，这比喻实在不敢当啊……秀男君，女儿一眨眼就变成老太婆啦。你看，就这么快。"太吉郎说。

"是的，所以我说郁金香是活的。"秀男加重语气，"意思是，正因为郁金香花期短暂，所以一到花期就鼓足劲儿大放异彩。如今正是开花时节。"

"哎，对呀。"太吉郎把脸转向秀男。

"我并非想给您织一条能穿到您孙子那一辈人的腰带。现在……我只想为您织一条能漂漂亮亮穿上个一年左右的和服腰带。"

"好主意呀。"太吉郎点点头。

"没办法。我们和龙村先生不一样。"

"……"

"我说郁金香花还活着,就是出于这种心情。眼下,虽然鲜花竞放,也还会有两三片花瓣飘落下来。"

"说的是。"

"谈到落花,樱花是花飘似雪,很有情趣。可是,郁金香怎样呢?"

"花瓣或许是七零八落吧……?"太吉郎说,"只是我看到那么多郁金香,感到有些腻烦。色彩太鲜艳,反而没情趣……大概因为上年纪了吧。"

"走吧。"秀男催促着太吉郎,"送到我家里的郁金香腰带刻纸什么的,都不是活着的郁金香。今天倒是大开眼界啦。"

太吉郎一行五人,走出洼地里的郁金香园,登上石阶。

石阶近旁是一面花墙。说花墙,其实是一簇簇雾岛杜鹃,密密层层,犹如一道河堤。眼下虽说不是开花季节,但那繁茂的细叶,将盛开的郁金香衬托得更加鲜艳夺目。

上了石阶向右走去,视野开阔,有牡丹园、芍药圃。这些还未到花期。也许是新辟的园地,人们还不太熟悉。

在这里,向东可以看见比睿山。

比睿山、东山、北山,站在植物园里任何一处,几乎都能望见这些山峦。但是,芍药圃东面,正对着比睿山。

"比睿山浓雾缭绕,所以看起来好像很低呢。"宗助对太吉郎说。

"春霞迷蒙,越发有趣……"太吉郎眺望了片刻,"大友君,你从那雾气里,不觉得春光已逝吗?"

"是吗?"

"看到那样的浓雾,反而觉得……春天渐渐就要过去喽!"

"可不是嘛。"宗助也附和道,"真快呀,我还没有好好看看樱花呢。"

"也没有什么可惜的。"

两个人默默走了一阵子。

"大友君,我们打你喜欢的樟树林荫道回去吧。"太吉郎说。

"欸,那太好啦。我一走上那条林荫道,就满心高兴。来的时候,也是从那里钻过的……"宗助回头对千重子说,"小姐,跟着我们一道走吧。"

林荫道上的樟树,树梢左右交错,枝头柔嫩的细叶尚带几分薄紫色。虽然没有风,有的树叶却在微微摇摆。

五个人慢慢走着,几乎不再说话。走在树荫里,每人都有万千思绪。

太吉郎一直在想,秀男将自己女儿千重子比作奈良、京都高雅的佛像,难道他的心真的被千重子掳去了吗?

"可是……"

千重子即使和秀男结婚,她会处在大友织锦场的什么位置上呢?难道要像秀男母亲一样,从早到晚缠丝线吗?

太吉郎回头一看,千重子正在专心听秀男说话,不时点点头。

即便"结婚",也不一定要千重子嫁到大友家,可以招秀男到佐田家做女婿嘛。太吉郎心里打着主意。

千重子是独生女,要是嫁出去,母亲阿繁该有多么伤心啊!

秀男是大友家的长子,宗助说过秀男的手艺比自己强,但他还有老二、老三两个儿子。

尽管"丸太"的生意日渐萧条,连古旧的店面也无力修缮,但毕竟是中京的一家批发商店,不同于只有三台织机的织锦作坊。秀男家没有一个雇工,只靠家人干手工活儿,其境况是可想而知的。只要看看秀男母亲朝子的样子和简陋的厨房,就不言自明了。尽管秀男是长子,把话挑明了,说不定他会愿意做千重子家里的养老女婿。

"秀男君呀,真是个能干的孩子啊!"太吉郎试探地对宗助说,"别看他年纪轻轻,可办起事来很可靠呀,真是难得……"

　　"哦,您还这样夸他。"宗助淡然地应和着,"唉,他干活儿倒是挺卖力的,可是一到人前,就粗鲁莽撞……叫人不放心哪。"

　　"这些不算什么。最近,我还不是老挨秀男君数落吗……?"太吉郎倒也开心起来了。

　　"真是太对不住您啦,他就是那么个孩子。"宗助微微低着头,"父母的话,只要他不认同,也不会服从的。"

　　"这倒没什么。"太吉郎应和着,"今天怎么只带秀男君一个人来啊?"

　　"弟弟们要是也跟来,家里的织机不就得停工吗?再说,他有点倔强,带他到我喜欢的樟树林荫道走一走,或许能使他性格变得柔和些……"

　　"这林荫道真好。说实话,大友君,我带阿繁和千重子到植物园来,也是受秀男君一番好心的劝告啊!"

　　"是吗?"宗助惊讶地盯着太吉郎的脸,"还不是想看看自家闺女吗?"

"不,不。"太吉郎连忙否认。

宗助回头瞧瞧。不远处走着秀男和千重子,阿繁落在最后头。

出了植物园,太吉郎对宗助说:

"这车子你们用吧,西阵离这儿不远。我们还想到加茂川的河岸上逛一逛……"

秀男看到宗助有些犹豫不决,于是开了口:

"那我们就领情啦。"说罢,秀男先让父亲上了车。

佐田一家站在一起送行,宗助从座席上弓着身子打招呼,秀男看不出点了头还是没点头。

"真是个怪儿子啊。"太吉郎想起打了秀男一个耳光,他忍住笑说,"千重子,你和那个秀男师傅谈得很投机呀。他对女孩倒挺温和嘛。"

千重子的眼神有些羞涩了:"在樟树林荫道上……?我只是听着。他干吗要跟我说那些呢?他对我说话时好像很兴奋……"

"喏,还不是喜欢千重子吗?连这个也不明白。他说过,你这个女孩比中宫寺和广隆寺的弥勒佛还漂亮……爸爸听了也非常诧异。那么个别别扭扭的人,竟也有惊人之语。"

"……"千重子也不由一怔,从脸蛋儿红到脖根。

"他都说了些什么呀?"父亲问。

"他好像讲了西阵手工织机的命运。"

"命运?是吗……"父亲陷入沉思。

"说起命运,这道理似乎很难懂,不过,命运嘛……"女儿应和着。

出了植物园,右面加茂川的堤岸上是一条松树林荫路。太吉郎首先从松荫里出来,走到河滩上。说是河滩,其实是碧草如茵的原野。河水从堤堰流下来,喧喧有声。

一群老年人坐在草地上吃便当,也有结伴而行的青年情侣。

河对岸也同样,上行车道的下面是步道。透过樱树斑驳的花和叶,可以看见以爱宕山为主体的西山的连峰。河上游似乎临近北山。这一带是风景保护区。

"坐下歇歇吧。"阿繁说。

河滩草地上晾晒着友禅绸缎,从北大路桥下可以一眼看到。

"啊,还是春天好呀。"阿繁看了一会儿周围的景色。

"阿繁,那个秀男君怎么样?"太吉郎问。

"什么怎么样呀?"

"给我们当女婿……"

"什么?怎么一下子提起这事……"

"人很能干哪。"

"那倒是。哎,问问千重子吧。"

"千重子不是早就说了吗,她什么都听父母的。"太吉郎望望千重子,"是吧,千重子?"

"这种事,怎么能勉强她呀!"阿繁也看看千重子。

千重子低着眉,眼前浮现着水木真一的面影。那是幼年时代的真一。有一年的祇园祭上,他描着细长的眉毛,搽着口红,化了妆,身穿王朝时代的服饰,坐在高高的长刀彩车上头。真一扮的是稚儿[1]。——不用说,那时的千重子年龄也很小。

---

1 在寺院、神社举办的祭礼或法会上扮演天童的少年少女。

一

北山杉

从古代平安王朝时候起,在京都,山当数比睿山,节日当数加茂祭。

五月十五日的葵祭也已过去了。

葵祭的敕使行列中增加斋王行列,是昭和三——年以后的事。这是沿袭传统仪式,斋王幽居斋院之前,先在加茂川净身,以乘彩舆、着礼服的命妇为先导,女嬬、童女随后,伶人奏乐。[1]斋王身穿十二单[2],乘牛车渡河。由于这样的装束,斋王一般由年龄相当的女大学生扮演,既高雅又

---

[1] 命妇,指日本律令制下位阶在五位以上的女官,平安中期后渐成中级女官的统称。女嬬,指宫中侍奉的下级女官,负责扫除或杂事。

[2] 后世对平安时代以降的宫廷女性礼服的俗称,单衣外面再加十二件"重褂"。

华丽。

千重子的同学里,有位姑娘曾经被选作斋王。当时,千重子她们也到加茂川河堤上观看过游行队伍。

古寺神社众多的京都,可以说几乎每天都是不知哪里的或大或小的节日。要观看节日庆典,五月里随时都有活动。

献茶所、茶室、临时休息处、茶釜随处可见,令人眼花缭乱。

但是,今年五月,千重子连葵祭都没有看到,也许是五月里多雨,抑或是自幼年时代起,就被大人带去看过各种节日活动的缘故吧。

樱花当然很美,千重子也爱看嫩叶和新绿。高雄一带的枫树嫩叶自不必说,若王子那地方她也喜欢。

她一边沏宇治送来的新茶,一边说:

"妈妈,今年一直没去看采茶呢。"

"现在也还是采茶时节啊。"母亲说。

"那是的。"

上次看到的植物园樟树林荫道，那也是比新芽初放、美若鲜花时稍迟了些的。

朋友真砂子打来电话：

"千重子，去看高雄的枫树嫩叶好吗？"对方邀请她，"比红叶季的人要少……"

"是不是晚了点？"

"那儿比城里冷，正是时候。"

"嗯，"千重子稍稍停了一下，"看罢平安神宫的樱花，再去看看周山的樱花该多好，一下子全忘啦。那样的古树……樱花就算了，想去看北山杉啊。那里离高雄很近吧？看到北山杉高大挺拔的姿态，我心里很振奋。一块儿去看杉树吧。比起枫树，还是想先去看北山杉呀。"

高雄的神护寺、槇尾的西明寺、栂尾的高山寺的枫树绿叶，千重子和真砂子既然来到这里，还是决定先去看看。

神护寺和高山寺，山坡都很陡峭。真砂子已经换上了轻便的初夏洋装，穿着平底鞋，这当然好,可是身着和服的千重子怎么样呢?真砂子瞧了瞧千重子,然而,看不出千重子很吃力的样子。

"干吗那样一直盯着我?"

"好漂亮啊!"

"是好漂亮啊!"千重子站住了,俯视着清泷川,"本以为树林里会更蒸闷,没想到这般清凉。"

"我……"真砂子抿着嘴笑,"千重子,我呀,是在说你呢。"

"……"

"我是说,世上怎么会有这么漂亮的女孩呢?"

"真讨厌!"

"穿着朴素的和服,站在绿树丛中,千重子就显得这样美丽,要是换上鲜艳些的衣裳,还会更加光彩照人啊……"

千重子穿的是暗紫色的和服,腰带是父亲毫不犹豫剪下印花绸幔子制作的那条。

千重子登上石阶。——神护寺里的平重盛和源赖朝的肖像画,就是被安德烈·马尔罗称为世界名品的肖像画，千重子想起平重盛脸上及他处残留的些许红晕时，听到了真砂子的话。而且，千重子以前也曾多次听真砂子说过同样的话。

在高山寺里，千重子喜欢站在石水院宽阔的檐廊上眺望对面的山容。她也喜欢欣赏开山祖师明惠上人树上坐禅的肖像画。《鸟兽戏画》绘卷的复制品展开在壁龛一侧，两人坐在廊缘，受到了献茶的招待。

真砂子没有从高山寺再往里走过。这里是游客止步的地点。

千重子想起曾经跟父亲到周山赏樱花，采了笔头菜带回家去。笔头菜又粗又长。而且，既然到了高雄，哪怕单独一人，也要走到北山杉村。——那里如今合并到市里，成为北区中川北山町，一百二三十户人家，也许称作村子更合乎实际。

"我走惯了，还是走走吧。"千重子说，"再说，踏也很好。"

陡峭的山峦逼近清泷川河岸。不大工夫，就

看见了优美的杉树林。这笔直而整齐的杉树,一看便知是经过人工精心修整过的。贵重的北山圆木只在这座村子产出。

或许到了三点钟的工休时间,一群割草护林的女人从山上的杉树林里下来了。

真砂子伫立不动,盯着一个姑娘仔细瞧。

"千重子,那女子多像你呀,看,长得跟千重子一模一样。"

那姑娘一身蓝底碎白花窄袖衣服,襻着背带,下面套着劳动裤,系着围裙,戴着护手,还蒙着手巾。围裙一直裹到背后,两侧开衩。只有背带和裤缝闪出的细带子才是红色的。别的姑娘也都是一样的打扮。

她们从头到脚打扮得和大原女[1]或白川女一模一样,不过这不是到城里卖东西时候穿的,而是进山做活儿的劳动服。日本在山乡干活的妇女都

---

[1] 居住于京都北部大原地区、在京都市内头顶柴炭叫卖的女性。

是这种穿戴。

"真像,简直不可思议。千重子,你再仔细瞧瞧。"真砂子又重复地说。

"是吗?"千重子并没有盯着人家看,"你呀,太冒失啦。"

"什么冒失?那样漂亮的人儿……"

"漂亮是漂亮,不过……"

"就像千重子的亲姐妹呢。"

"胡说什么呀,冒冒失失的。"

真砂子一经提醒,就感到自己太失言了,她捂住嘴忍住笑:"别的人也有长得彼此相像的,可你俩像得也太离奇了呀!"

那姑娘,还有她的女伴们,都没有注意到千重子她们俩,从两人身边擦肩而过。

那姑娘严严实实地蒙着头巾,只能瞥见额前的刘海儿,半边脸被遮住了。不像真砂子说的,能清楚看到她的长相。再说,也没有面对面瞧过。

千重子到这村子来过好几次,看到男人们先把杉树圆木的表皮粗粗地扒下来,然后再由女人们仔细地剥一遍，还要放到河水或温泉水里泡软，用菩提瀑布的沙子将圆木打磨光滑。这些加工作业都是在路旁或户外进行的，因此，她还朦胧地记得那些姑娘的长相。这座小山村里虽说没有多少姑娘，可她也不可能对每位姑娘的长相都认真观察一遍。

真砂子目送着女人们的背影，心里略微平静了。

"真奇怪。"她又絮叨起来，而且这回再次审视着千重子的脸，歪着头。

"还是很像呀！"

"哪儿像呢？"千重子问。

"这个嘛，感觉很像，至于哪儿像，还真说不明白。眼睛、鼻子……中京的姑娘和山里的姑娘，当然是不一样的。对不起。"

"干吗呀……"

"千重子，咱们跟在那姑娘后头，到她家瞅瞅去，怎么样？"真砂子依依难舍地说。

到那位姑娘家瞧个仔细,真砂子再怎么不拘小节,也只是嘴上说说而已,然而,千重子放慢了脚步,几乎站在原地,抬眼望着布满杉树林的山岭,又瞧瞧家家户户门口排列着的杉树圆木。

白杉的圆木粗细一致,都磨得很光亮。

"像工艺品一样。"千重子说,"修建茶室似乎也会用,要卖到东京和九州去呢……"

圆木靠近屋檐排成整齐的一列,二楼也一样。有一户人家,二楼那排圆木前面晒着内衣,真砂子好奇地看着,说:

"这家人也许就住在一排排圆木里面呢。"

"冒失鬼,这个真砂子……"千重子笑了,"圆木小屋近旁的房子,不是挺气派吗?"

"哦,楼上晒着衣服呢。"

"你说那姑娘像我,也只是随便说说玩的吧?"

"这是两回事。"真砂子认真起来,"我说你像她,你感到遗憾,是吗?"

"什么遗憾呀,根本不是……"千重子说罢,出乎意料，姑娘的眼睛蓦然间浮现在眼前。那是一副朴实而健美的身姿，眸子里却沉淀着一星儿又浓又深的哀愁。

"这个村庄的女子都很会干活儿。"千重子回避着什么似的。

"女人和男人一起劳动，也没什么稀罕的。庄户人家，还有卖菜的，卖鱼的，都一样……"真砂子轻松地说着，"像千重子这样的贵族小姐，会感到新奇吗？"

"我在家里，都是这么干的。你怎么样呢？"

"我呀，我不干活儿。"真砂子显得很坦然。

"干活儿……说得轻巧，真想让你瞧瞧这村子的姑娘是怎么劳动的。"千重子又望望长满杉树的山峦，"似乎又到整枝的时候了。"

"什么叫整枝？"

"为了使杉树长得好，用砍刀把不要的枝子砍掉。有时用梯子，有时像猴子一样，从这棵树的树梢荡到那棵树的树梢……"

"那多危险！"

"有的人一大早就上树,中午吃饭才下来……"

真砂子抬头望着满山的杉林,那直挺挺的树干看上去实在壮美。树梢的一簇簇绿叶犹如精心雕刻的一般。

山不高,也不深。山头上也整齐地排列着一棵棵杉树,举目可见。因为是用来建造茶室的木材,杉林的形态望来仿佛也跟茶室一样。

清泷川两岸,陡峭的山岩直逼狭窄的溪谷,雨量多,日晒少,这也是杉树这种名木得以茁壮生长的原因之一。风,也自然地被遮挡了。原本杉树一遇强风,就会向新一圈年轮中较柔弱的一边弯曲、歪斜。

村里的人家只是排列在山脚下或河岸上。

千重子和真砂子一直走到小村庄的最里头才折返回来。

有的人家在打磨圆木。将浸在水里的圆木拖到河岸上之后,女人们便用菩提沙仔细研磨。那赭红色粘土般的沙子,据说是从菩提瀑布下捞上来的。

"沙子要是用完了怎么办呢?"真砂子问。

"一下雨,沙子随同瀑布一起流下来,堆在一起。"一个上了年岁的女子回答。她的话说得多自在!真砂子想。

可是,正如千重子所言,女人们是整天闲不住手的。这是五六寸的圆木,大概是做柱子的吧?

——打磨过的圆木,经水洗净、晾干,再裹上纸,或用稻草捆扎,就可以运走了。

就连清泷川的河滩上,有的地方也种上了杉树。

看到山间并排生长的杉树和檐端罗列整齐的杉树圆木,真砂子联想到京都古老的房舍和一尘不染的土红色格子门。

村口,有个名叫菩提道的国铁[1]公共汽车站。往上走,也许就有瀑布了。

两人从那儿乘上回程汽车,沉默了一会儿,

---

[1] 日本国有铁道的略称,为1949年设立的公共企业。1987年实行民营化改革,通称JR。

真砂子突然说：

"人世间的女孩，要是能像杉树那样，挺直身子长大成人，该有多好！"

"……"

"可惜，你我都得不到那样的精心栽培呀。"

千重子忍不住要笑出来。

"真砂子，你约会过吗？"

"嗯。有过。坐在加茂川水边的青草里……"

"……"

"木屋町的纳凉床[1]增加了好多客人，都掌灯了。因为我们背对着他们，那些人不知道我们是谁。"

"今晚呢……？"

"今晚七点半也有约会，天还没完全黑呢。"

千重子对真砂子的这种自由十分羡慕。

千重子和父母，一家三口坐在面临中庭的后

---

1 指京都木屋町鸭川每逢夏季，沿岸人家铺设木板的露台可供游人夜间纳凉宴乐。

院客厅里吃晚饭。

"今天，岛村君送来了一大盘瓢正饭馆的竹叶寿司，所以我在家里就做了一个汤。对不起，请凑合着吃吧。"母亲对父亲说。

"是吗？"

鲷鱼竹叶寿司是父亲最爱吃的。

"主勺厨师回来得稍晚些……"母亲指的是千重子，"又去看北山杉啦，和真砂子一起……"

"唔。"

伊万里瓷盘里盛满竹叶寿司，包成三角形，剥去竹叶，上面搭着一块薄薄的鲷鱼。汤碗里主要是汤叶[1]，加了少量的蘑菇。

就像大门的土红格子一样，太吉郎的店，也还残留着几分京都批发商的古风。不过，如今成了公司，掌柜、伙计也都变成职员，大部分人改作每天从家里来上班。近江来的两三个学徒工，住在小棂窗面朝街道打开的二楼上，晚饭时分，

---

1 即千张（豆腐皮）。

后院很安静。

"千重子很喜欢到北山杉村去呢。"母亲说,"为什么呀?"

"杉树高大挺拔,非常好看。我想,要是人心都这样,那有多好!"

"不是跟千重子一个样吗?"母亲说。

"不,我是弯曲的、歪斜的……"

"瞧,是这样的。"父亲插嘴说,"不论多么正直的人,也会有各种想法的。"

"……"

"这也没有关系嘛,像北山杉一样的孩子固然可爱,可哪里会有呢?就算有,不知什么时候也会遇到意想不到的事情。即使是树,也会有长得弯曲、歪斜的,但只要能长大就好。爸爸就是这么个想法……喏,看那窄院里的老枫树。"

"千重子这么好的孩子,对她说些什么呢?"母亲有点不高兴了。

"知道,知道。千重子是个正直的姑娘……"

千重子转向中庭,沉默了好一阵子。

111

"看到这棵枫树那样坚强,可千重子呢……"她声音里含着悲戚,"差不多是树干的凹窝里长出的紫堇花吧。啊,那紫堇花不知何时就消失了。"

"是啊……明年春天,一定还会再开的。"母亲说。

千重子低着头,目光停在枫树根部的切支丹灯笼上。屋里的灯光照过去,虽然看不清风雨剥蚀的圣像,她还是想祈祷一番。

"妈妈,我究竟是在哪里生的?"

母亲和父亲对望了一下。

"祇园的樱花树下呀。"太吉郎果断地说。

说什么在祇园的樱花树下生的,这就像《竹取物语》里的辉夜姬生在竹节里,不就和神话一样吗?

正因为如此,父亲反而更这样说。

假如生在樱花树下,也许就像辉夜姬一样,月宫里会有人来接我回去吧?千重子想到了一个轻松的玩笑,但她没有说出口。

不管是拾来的还是抢来的，父母不知道千重子生在何处，也未必知道千重子的生身父母。

千重子后悔打听这件不愉快的事，但她觉得，还是不道歉为好。那为什么会突然问起来呢？她自己也不清楚。也许因为她想起了真砂子说的，北山杉村那位姑娘和自己长得很像……

千重子目无所指，她望着老枫树的上方。天空一派明净，是月亮出来了，还是闹市的灯火映照的缘故呢？

"天空的样子也逐渐像夏季了。"母亲阿繁也抬头看看，"喏，千重子，你就是在这个家里生的。虽然不是我生的，但是就生在这个家里。"

"是的。"千重子点着头。

——正如千重子在清水寺对真一说的，她不是阿繁夫妇从观赏夜樱的圆山抱来的婴儿，而是被遗弃在店门口的孩子。抱她回家的是太吉郎。

这是二十年前的事了，太吉郎三十来岁，是个游手好闲的主儿。妻子没有立即相信丈夫的话。

"说得好听……指不定是你跟艺妓生的孩子，

叫你带回来的。"

"胡说!"太吉郎变脸了,"仔细看看孩子的衣服,这能是艺妓的?哎,是艺妓生的吗?"说着,把孩子杵到妻子面前。

阿繁接过孩子,将自己的面颊贴在婴儿冰凉的小脸上。

"这孩子怎么办呢?"

"到后院慢慢商量吧,别磨磨蹭蹭的了。"

"刚刚生下来呀。"

不知道父母是谁,所以不能称养女,户籍上登记的是"太吉郎夫妇亲生女儿",他们取名为千重子。

俗话说"以人之子,诱我之子"——抱了别人的孩子,自己便也会生孩子。可阿繁没有做到。所以,千重子作为独生女儿长大成人,备受宠爱。随着岁月的流逝,太吉郎夫妇不再为孩子究竟被什么人所遗弃而烦恼不安,千重子生身父母的生死也无人知道。

——晚饭后只需简单地收拾一下,将竹叶扔

担,汤碗洗干净,全由千重子一人承担。

然后,千重子把自己关进后院楼上的寝室,打开父亲带到嵯峨尼庵去的保罗·克利、夏加尔的画集看。她睡着了,不久只听得"啊——啊——",千重子发出被噩梦魇住的呻吟。她醒了过来。

"千重子,千重子!"母亲在隔壁呼喊,没听到千重子回答,她就打开了隔扇。

"你刚刚大叫来着,"母亲进来问,"做噩梦了……?"

她坐到千重子身旁,扭亮枕畔的电灯。

千重子坐在被窝里。

"哎呀,满身的汗!"母亲从千重子的镜台上拿来一条纱布手巾,给千重子擦擦额头,再擦擦胸脯。千重子任母亲摆布。多么白嫩的胸脯啊!母亲想。

"来,再把胳肢窝擦擦吧……"说着,把手巾递给了千重子。

115

"谢谢，妈妈。"

"梦很可怕吗？"

"嗯。梦见从高处跌落下来……一下子掉进了一团可怕的浓绿之中，深不见底。"

"这梦很多人都会做。"母亲说，"一掉下去就没个底儿。"

"……"

"千重子，小心别着凉了，换件睡衣吧？"

千重子点点头，心里还没平静下来。她想站起身，两条腿不由趔趄了一下。

"哎，哎，妈妈来拿吧。"

千重子坐着，羞涩而利落地换了睡衣，把先前的那件叠一叠。

"不用啦，反正要洗的。"母亲接过去，扔到墙角的衣架[1]上。然后，又坐到千重子的枕畔。

"不过一个噩梦……千重子，没有发热吧？"

---

1 原文为"衣桁"（ikou）。室内晾挂衣物的木架，门形，近顶部有横木。有单门独立，底部加平行木支撑；亦有屏风形双门或多门，成直角或锐角曲折联立。

她把手心贴在女儿额头上,倒是冰凉的。

"唔,一下子走到北山杉村,也许太累了吧?"

"……"

"脸色很不好,妈妈来陪你睡。"母亲要把床铺搬过来。

"谢谢妈妈……我已经好些了,您放心地休息吧。"

"是吗?"母亲说着,钻进千重子的被窝。千重子挪了挪身子。

"千重子,你都这么大了,妈妈不能抱在怀里睡觉啦,多么没意思呀!"

母亲先安然入睡了。千重子怕母亲肩头受凉,用手摸了摸,关了灯。千重子没有睡着。

千重子做的梦长着呢,对母亲说的只是结尾。

开始不是真正的梦,而是恍惚于似梦非梦之间,反倒很快活。她想起今日和真砂子去北山杉村的情景。真砂子说很像千重子的那位姑娘,比起在村子里时更加离奇怪诞了。

梦的结尾,她掉进一团浓绿之中,那绿色抑或就是印在心底的长满杉树的山峦。

鞍马寺的伐竹会是太吉郎喜爱的庆典活动,因为富有男子汉气概。

对于太吉郎来说,年轻时看过许多次,并不觉得稀奇,但还是想带女儿千重子去一趟。何况今年因紧缩经费,十月的鞍马寺火祭也不一定举行了。

太吉郎记挂着会不会下雨。伐竹会是六月二十日,正值梅雨季节。

十九日的一场雨下得较大。

"雨一直这样下着,明天总该放晴了。"太吉郎不时望望天空。

"爸爸,下点雨怕什么。"

"虽说不怕。"父亲说,"但天气不好,总是……"

二十日,雨又淅淅沥沥下起来了。

"把门窗关紧些,要是潮气进来,会使绸缎衣服长霉的。"太吉郎对店员们说。

"爸爸,不去看鞍马了吗?"千重子问父亲。

"明年还会有的,算了吧。雾浑浑的鞍马山……"

——参加伐竹的人不是和尚,主要是乡人,被称为"法师"。十八日就要做伐竹的准备,将雄竹和雌竹各四棵,横绑在立于本堂两侧的圆柱上。雄竹去根留叶,雌竹的根保留不动。

面向本堂,左为丹波座,右为近江座。这是沿袭过去的称呼。

当班的家中人,身着传统素纱服,穿武士草鞋,襟玉带,插两把刀,头戴五条袈裟的黑白头巾,腰间披着南天竹叶。伐竹的砍刀装在锦囊里。然后由开道者引领,走向山门。

午后一点左右。

一长老着僧袍,吹螺号,伐竹开始。

两稚儿齐声对管长喧呼:

"恭贺伐竹之神事!"

接着,稚儿进入左右两座,各自赞曰:

"美哉,近江之竹!"

"美哉,丹波之竹!"

理竹者首先砍掉绑在圆柱上的粗大的雄竹,修整一番。细长的雌竹原样不动。

稚儿对管长报告:

"理竹终了。"

僧众进入本堂诵经,撒夏菊花,替代莲花。

管长降坛,展开桧扇,上下各扇三回。

"嚯——"随之一声吆喝,近江、丹波两座各出二人,将竹子砍成三段。

太吉郎本想让女儿看看这种伐竹庆典,正因下雨而犹豫不定时,秀男腋下夹着包袱进了格子门。

"小姐的腰带,我终于织成了。"他说。

"腰带……?"太吉郎怪讶地问,"我女儿的腰带吗?"

秀男稍微向后挪动身位,跪坐着双手触地,

郑重行礼。

"是郁金香花纹的……"太吉郎淡淡地说。

"不,是您在嵯峨尼庵里画的……"秀男认真地应和道。

"那时候,我太草率,对待佐田先生实在失礼。"

太吉郎心里暗暗惊奇:

"哪里,我只是画着玩玩罢了。经秀男一番指点,这才明白过来。还得谢谢你呢。"

"我把那副腰带织好,就送来了。"

"欸?"太吉郎更是惊诧不已。

"那个画稿,让我揉作一团,扔到你家附近的小河里了。"

"您扔了……?是吗?"秀男依然不动声色,显得十分沉着,"只要我看过一遍,就印入头脑里了。"

"到底是生意人啊。"说着,太吉郎神色黯淡下来。

"可是,秀男君,我扔到河里的画稿,你干吗还给我织出来呢？哎，你说，为什么还要织啊？"太吉郎絮絮叨叨没个完，心里充满一种说不上悲戚也说不上恼怒的情绪。

"你不是说那画稿很不协调，粗疏，还带有病态吗？——秀男君，这不是你说的吗？"

"……"

"所以呀，我一跨出你家门口，就将画稿扔到小河里了。"

"佐田先生，请先生务必包涵。"秀男再一次俯身道歉，"当时我被迫织了一件很无聊的东西，很疲倦，心里烦躁不安。"

"我的头脑也是一样。嵯峨的尼庵，僻静倒是僻静了，只有一个老尼，白天雇了个婆子来料理一下。寂寞，很寂寞哪……再加上，店里的生意一天不如一天。听了你那番话，我觉得很有道理。再说，我这个批发店老板，没必要非自己打画稿不可。那种时新的画稿……可是……"

"我也有各种想法。在植物园遇见小姐之后，我又在思考。"

"……"

"腰带，能看看吗？如果不中意，请当场用剪刀铰碎。"

"嗯。"太吉郎答应了，"千重子，千重子！"他呼唤女儿。

千重子正在账房里和掌柜坐在一起，听到喊声走了过来。

眉毛浓密的秀男紧闭着嘴唇，脸上充满自信。可他那解开包袱的手指微微颤抖着。

秀男不便再对太吉郎说什么，他转向千重子：

"小姐，请看看吧。这是您父亲设计的图案。"他把绕成一卷儿的腰带递过去，神情十分拘谨。

千重子把和服腰带稍稍拉出一头来。

"哦，这是爸爸受到克利画集的启发想出来的，是在嵯峨画的吗？"说着，她拉到自己的膝头上，"呀，真好看！"

太吉郎苦着脸，一句话不说。他没想到，秀

男竟然能把自己的图案记在脑子里,这使他甚感震惊。

"爸爸。"千重子喜不自胜,"真的是一条好腰带啊!"

"……"

她摸摸腰带的料子,对秀男说:"织得挺紧密的。"

"嗯。"秀男低着头随口应了一声。

"我想在这里摊开来看看,可以吗?"

"嗯。"秀男回答。

千重子站起来,在两人的面前将腰带展开,她扶着父亲的肩膀,站在原地欣赏。

"爸爸,怎么样?"

"……"

"不是蛮好看的吗?"

"真的好看吗?"

"是呀,谢谢爸爸!"

"再仔细瞧瞧嘛。"

"这是新式的花样,当然还要同和服相配……

可是，到底是一条好腰带啊。"

"是吗？好吧，你要是满意，就向秀男君道个谢吧。"

"秀男师傅，谢谢您啦。"千重子跪在父亲身后，向秀男行了礼。

"千重子，"父亲招呼着，"这腰带协调吗？就是心理的协调……"

"哦？什么协调？"千重子被突然这么一问，又瞧了瞧腰带，"要说协调，还要看配什么样的和服，什么人穿呢……但是，眼下偏偏时兴穿那种打破协调的衣服呀……"

"唔。"太吉郎点点头，"你知道吗？千重子，秀男君看画稿时，他说不协调。所以，我把那画稿随手扔到他家附近的小河里冲走了。"

"……"

"谁知，一看秀男君织的腰带，我心想这不就和扔掉的画稿一模一样吗？虽然，颜料、彩线稍微有些不同。"

"佐田先生，请多多包涵。"秀男双手伏地道歉。

"小姐,我有个很冒昧的请求,能不能系上腰带让我瞧瞧呢?"

"这件和服……"千重子站起身来,系上了腰带。刹那之间,千重子立即显得容光焕发起来。太吉郎的脸色也变得柔和了。

"小姐,这是伯伯的杰作啊。"秀男的眼睛闪耀着光辉。

一

祇园祭

千重子提着一只大购物篮子走出店门。她向北穿过御池大道，到麸屋町的汤波半去。从比睿山到北山，天空中一片火红。她站在御池大道上，抬头眺望了好一会儿。

夏日天长，还不到晚霞时分，但广袤的天空颜色并不单调，看上去像一团团烈焰。

"也有这样的景色啊，今天是头一回看到。"

千重子掏出小镜子，在浓烈的云色里照照自己的脸。

"不要忘记，一生都不要忘记……人呀，全凭一副好心情。"

比睿山和北山被这种光焰所压抑，显得更加郁郁青青。

汤波半已经做好了汤叶、牡丹汤叶和八幡卷。

"欢迎小姐光临,祇园祭里忙得不得了啊,只好先照顾老主顾啦。"

这家老店平时只接受订货。在京都点心铺中,也有这样的店铺。

"又过祇园祭了,谢谢多年来的照顾。"汤波半的女店员把千重子的篮子装得满满的。

所谓"八幡卷"很像鳗鱼,就是把牛蒡裹在汤叶里。"牡丹汤叶"很像炸豆腐丸子,是在汤叶里包上银杏等。

这家汤波半是在所谓的"咚咚烧"大火灾中幸免于难的二百年老铺,只在某些地方略加改建……例如,小天窗镶上了玻璃,制造汤叶的炕床式地炉重新用砖头砌成。

"以前使用木炭,煮豆浆时,一点火,炭灰就不断飘入汤叶,现在都改烧锯末了。"

"……"

一排四方形的大铜锅,当表层的汤叶凝结以

后，用竹筷轻轻挑起，挂在上面的细竹竿上晾晒。细竹竿有高有低，随着汤叶渐渐变干，逐步上移。

千重子走进作业场里间，手扶在古老的房柱上。她和母亲一到这里来，母亲就总是一遍又一遍抚摸这根大黑柱子。

"这是什么木头的？"千重子问。

"是桧树。长得高大、挺拔……"

千重子在柱子上抚摸了一会儿，出了店门。

千重子往回走，一路上，排练祇园祭的音乐越来越响亮。

从远方来的游客，一般都认为祇园祭就是七月十七日那天的彩车巡行。他们都赶在十六日晚上的前夜节之前来到这里。

但实际上可以说，整个七月里随时都在进行祇园祭的庆典。

七月一日，彩车经过的各条街上都会举行"祈吉符仪式"，演奏节日音乐。

每年，稚儿乘坐的长刀彩车都是巡行的先头，其他彩车的排列顺序则是于七月二日或三日,由市长主持通过抽签决定。

彩车在前一天组装好,七月十日的"洗御舆"其实就是庆典的序曲。洗御舆在鸭川的四条大桥举行。说是"洗",其实只由神官把杨桐枝在水里浸一浸,洒在舆轿上罢了。

接着,十一日,稚儿参拜祇园社[1]。这是乘坐长刀彩车的稚儿,他会骑马,戴黑礼帽,穿礼服,率领侍从,被授予五位少将之位。五位以上称殿上人[2]。

过去神佛混杂,稚儿左右陪侍的童子分别扮作观音、势至二菩萨。有时,稚儿也为神授位,以此比作稚儿和神举行婚礼。

"哪有这样的怪事?我可是个男的呀!"水木真一扮稚儿的时候这么说过。

稚儿必须"别火",就是说,要和家人分别

---

1 耳下文八坂神社的旧称,供奉素戈鸣尊、奇稻田姬命、八柱御子神。

2 指日本古时获准进入清凉殿的人。

生火做饭，因为吃的东西要洁净。但是，现在有所省略，只要在做稚儿的食物时用火石打火就行。传闻里有这个说法，家里人要是忘了，稚儿自己就催促道："打火，打火！"

总之，稚儿的巡行不是一天就算完事的，他还要参加各种各样的活动，十分辛苦。他必须到彩车经过的街道挨家挨户致意。节日持续一个月，稚儿也随着劳累一个月。

比起七月十七日的彩车巡行，京都人早从十六日晚间的前夜节就品尝到节日的情趣了。

祇园大会的那一天临近了。

千重子的店里也拆掉门前的木格子，忙着做过节的准备。

千重子是京都女子，家里的批发店又在四条大道附近，也是八坂神社的氏子[1]，祇园祭是每年必到的，她已经不稀罕了。这是炎热的京都夏天

---

[1] 受所在地域守护神护佑的民众。

里的一项庆典活动。

最使她怀念的,是乘在长刀彩车上的真一扮稚儿的身影。一到节日,一听到祇园音乐响起,一看到彩车周围点缀着众多明亮的灯笼,他的身姿更骤然浮现。当时,真一和千重子都才七八岁呢。

"就算是女孩子里,也从没见过长得那么漂亮的人儿。"

真一拜谒祇园社,被授予五位少将之位,千重子一直跟着。彩车巡行,她也跟着看。扮演稚儿的真一,领着两个儿童[1],也到千重子的店里祝贺节日。

"千重子,千重子!"听到喊声,千重子飞红了脸蛋儿瞧着他。真一化着妆,搽口红,而千重子的脸只是被太阳晒黑了。连接土红木格子的座凳倒在地面,浴衣上系着红色三尺带的千重子,正在和邻里的孩子们一起放线香烟花。

---

[1] 原文为"秃(kamuro)",原意为古代日本儿童常留的刘海头以及留该发型的孩子,此处指辅佐稚儿的彩衣短发儿童。

眼下，音乐声里，彩车的灯光里，仍然有个稚儿真一的影子。

"千重子，你去前夜节吧？"晚饭后，母亲对千重子说。

"妈妈呢？"

"妈妈有客人，走不开。"

千重子走出家门，加快了脚步。四条大道人头攒动，走不过去了。

但是，千重子清楚地知道四条大道哪里有什么样的彩车，哪个巷口会通过什么样的彩车，所以她还是随地转了一圈。依然那般豪华艳丽，各个彩车上鼓乐喧阗，随处可闻。

千重子来到"御旅所"[1]前，要了蜡烛，点着了火，供在神前。庆典活动期间，八坂神社的神也被请到御旅所了。御旅所位于新京极到四条的路口南侧。

在御旅所，千重子发现一个"七度拜"的姑

---

[1] 神社举行祭礼时，神舆出行时临时停驻的地方。

娘。虽然是背影,但一眼就知道了。所谓"七度拜",就是从御旅所神前,来来往往,连拜七回。这当儿,即使遇到熟人,也不许打招呼。

"呀!"千重子感到似乎见过那个姑娘,好像被她邀请似的,千重子也开始进行"七度拜"了。

姑娘向西走走,回到御旅所前,千重子相反,向东走走,再回来。然而,那姑娘却比千重子拜得时间长,心也显得更虔诚。

姑娘拜完了七次,千重子来往的间距没有姑娘的远,所以几乎是同时结束的。

姑娘出神地凝视着千重子。

"您刚才祈祷什么?"千重子问她。

"您都看见啦?"姑娘的声音震颤着,"我想知道姐姐的下落……您,就是姐姐吧?是神指引我们相聚的。"姑娘的眼里溢满泪水。

她就是北山杉村的那位姑娘。

御旅所前接连不断地排列着献灯,加上参拜的人们点燃的蜡烛,神前一派光明。姑娘的泪水虽然并不在意这样的光亮，但那明丽的灯火却煌煌然留驻在姑娘的心底里。

千重子凭借一种坚强的毅力克制自己。

"我是独生女儿，没有姐姐，也没有妹妹。"她说罢，脸色苍白。

北山杉的姑娘抽抽噎噎哭起来。

"我知道啦，小姐，很对不起，请原谅。"她重复地说着，"姐姐，姐姐，我从小就这么念叨过来，常常认错人……"

"……"

"因为是双胞胎，我也不知道是姐姐，还是妹妹……"

"也有长得很像的人啊。"

姑娘点点头，眼泪打湿了双颊。她掏出手帕："小姐，您生在哪里……？"

"这附近的批发商街。"

"是吗……您向神祈求什么呢？"

"祈求父亲和母亲幸福、健康。"

"……"

"您的父亲呢……？"千重子问。

"那是很久以前的事了……他在北山杉树林里整枝，从一棵树荡到另一棵树的时候，不小心摔下来了，摔到要害的地方……这是我听村里人说的，那时我刚生下来，什么也不知道……"

千重子不由心里一惊。

——我老想去那座村子，我喜欢眺望满山美丽的杉树，这不正是父亲灵魂的召唤吗？

这位山里姑娘说她是双胞胎，自己的生身父亲也许在杉树梢上想念丢弃的千重子，一不留神摔下来了吧？一定是这样。

千重子的额头上渗出了冷汗。四条大道上人们杂沓的脚步和祇园祭的音乐，似乎消失远去，眼前随之黯淡下来。

山里姑娘把手搭在千重子的肩膀上，她用手帕给千重子擦擦前额。

"谢谢。"千重子接过手帕揩了一下脸，无意中把手帕装进了自己的口袋。

"您妈妈呢……？"

"妈妈也……"姑娘支支吾吾,"听说我生在妈妈的娘家,那地方更是深山坳,比杉树村还远。妈妈她也……"

千重子不再问下去了。

北山杉村来的姑娘流的自然是喜悦的泪水,她止住眼泪,脸上闪烁着光辉。

千重子呢?她伫立不动,两腿发颤,心里像一团乱麻。待在这里,是无法平复下来的。唯一支撑着自己的是这姑娘健康而美丽的形象。千重子没有像姑娘一样欣喜非常,她的眼里似乎深深含蕴着一丝忧愁。

今后怎么办呢?她一时感到迷惘。

"小姐,"姑娘喊了一声,伸出右手,千重子一把握住了。这是一只皮肤粗糙的手,和千重子柔嫩的手完全不同。然而,那姑娘毫无觉察,她攥得紧紧的。

"小姐,再见。"她说。

"哦?"

"啊,真高兴……"

"您叫什么名字?"

"我叫苗子。"

"苗子小姐?我叫千重子。"

"我现在在当雇工,村子很小,只要问起苗子,立即就能找到。"

千重子点点头。

"小姐,您很幸福啊。"

"嗯。"

"今晚见面的事,我谁也不会告诉的,我发誓。知道的只有御旅所的祇园神。"

虽说是双胞胎,苗子似乎也懂得两人身份的悬殊。千重子想到这里,说不出话来。但是,被丢弃的不正是自己吗?

"再见,小姐。"苗子又说了一遍,"趁人家没看到……"

千重子心情很沉重。

"我家店就在附近,苗子小姐到店前走走,顺便看看吧?"

苗子摇摇头,又问:"您家里人……?"

"我家里吗?只有父亲和母亲……"

"不知为什么,我也猜到了,您是他们的宝贝女儿啊。"

千重子拽着苗子的衣袖。

"不能久久站在这里啊。"

"可不是嘛。"

苗子再次转向御旅所,恭恭敬敬拜了一拜,千重子也慌忙学着她那样做了。

"再见。"苗子第三次道别。

"再见。"千重子应道。

"还有好多话要说,什么时候到村里来吧,躲进杉树林里谁也看不见。"

"谢谢。"

她们两个若无其事地穿过人流,向四条大桥走去。

八坂神社的氏子很多。即使前夜节以及十七日的彩车巡行结束了,还有许多庆典活动。店铺一直敞开着，摆上屏风。过去曾有初期浮世绘、狩野派[1]、大和绘[2]和宗达的一双屏风。肉笔浮世绘[3]中也有南蛮屏风，典雅的京都风俗画里也有外国人。这些都表现了京都町人的繁盛之势。

如今，这些东西都存留于彩车里了。使用的材料都是进口的中国织锦、法国挂毯、毛呢、金襕缎、缀锦刺绣。一派绚烂的桃山[4]风格中，也加进了从对外贸易中获取的异国之美。

彩车内部也是各个时代知名画家的作品。长矛似的铁柱，相传顶端是朱印船[5]的桅杆。

祇园音乐，简单地说就是"咚咚锵铿锵"。实际有二十六种，似壬生狂言[6]音乐，亦似雅乐。

---

1 以狩野正信为始祖的画派，在江户时代世代为将军家的御用画师。
2 以日本风物为内容的绘画，以此区别于中国的"唐绘"。
3 不同于版画浮世绘，直接在纸上创作的浮世绘作品。
4 即桃山时代，指16世纪末丰臣秀吉完成日本统一并掌握政权的时期，因其在桃山建伏见城而得名。
5 日本桃山、江户初期领有盖有朱印的许可证，获允进行海外贸易的船只。
6 每年4月下旬在京都壬生寺演出的默剧狂言。

前夜节上有好多彩车，装饰着一串串灯笼，音乐也很响亮。

四条大桥以东，虽然没有彩车，但是一直到八坂神社都装点得花枝招展。

千重子一迈进大桥路口，就淹没在人群中，稍稍落在苗子的后面。

"再见！"苗子招呼了三遍。就在这里分别了吗？是否领她从"丸太"商店前面经过，或到附近看看，告诉她店的位置呢？千重子一时犹豫起来。千重子对于苗子，蓦然涌起一股温暖的亲情。

"小姐，千重子小姐！"苗子走到大桥中间，秀男喊着追了上来，原来秀男把苗子当成千重子了，"您来看前夜节啦？怎么一个人……？"

苗子一时摸不着头脑。但是，她并没有回头看千重子。

千重子一怔，躲进人群里了。

"呀，天气真好……"秀男对苗子说，"明天也会好，星星很多啊……"

苗子抬头看着天空。其间，她不知如何对应。

六消说,苗子不认识秀男。

"上回我对伯伯太失礼啦,那幅腰带图案很好啊。"秀男对苗子说。

"嗯。"

"伯伯回去没再生气吧?"

"嗯。"苗子一片茫然,无法回答。

苗子的目光依然没有转向千重子。

苗子迷惘了,千重子要是可以和这个青年男子见面,她应该主动跑过来才是啊!

这个男子头大,肩宽,目光直瞪瞪的,但在苗子眼里绝不像恶人。他提起腰带的事,看来,可能是西阵的织匠吧?长年坐在高座织机上织锦,那体形多少可以看得出。

"我太年轻啦,对伯伯的图案说了些不该说的话。考虑了一个晚上,还是决定织出来。"秀男说。

"……"

"您没有系在腰上试试吗?"

"嗯。"苗子暧昧地应和着。

"您怎么啦?"

大桥上面不如大街那般明亮,两人又被汹涌的人流挤来挤去。尽管这样,秀男认错了人,还是使苗子甚感奇怪。

一对孪生姐妹,要是在同一个家庭里长大,也许很难辨别,可是千重子和苗子两重天地,两种生活。苗子想,这位男子莫非是近视眼吧?

"小姐,我打算用我的构想,为您精心织造一条腰带,当作您二十岁到三十岁这段时期的纪念,好吗?"

"嗯,谢谢。"苗子支支吾吾。

"能在祇园祭的前夜节见到您,这都是托神的福,说不定神也会帮助我织好这条腰带的。"

"……"

千重子不想让这位男子知道自己是双胞胎,所以她才不到这里来的吧?苗子只能作如是想。

"再见。"苗子对秀男说。秀男有些出乎意料。

"哎,再见。"他答应一声,"腰带就这么说足啦。争取赶上红叶季节……"他又叮嘱了一句,就离开了。

苗子的眼睛搜寻着,早已不见千重子的身影了。

刚才见到的青年男子,还有他提到的腰带,苗子并没有特别在意,她只为能在御旅所前和千重子邂逅而感到庆幸,以为这全是托神的福。她抓住大桥栏杆,久久望着灯影摇荡的河面。

然后,她悠悠然迈步出了桥口,打算到四条大道尽头的八坂神社去。

刚走到大桥中央,发现千重子正站在那里和两个青年男子说话。

"噢。"

苗子独自轻轻惊叫了一声,没有走过去。

她装作毫不在意地瞅了瞅站在那里的三个人。

苗子和秀男究竟谈了些什么呢?千重子想。秀男无疑是把苗子当成千重子了,可是苗子是怎样回复他的呢?不消说,苗子对这些一定很纳闷。

千重子是可以到他们身边去的,但她没有这么做。不仅如此,当秀男对苗子喊着"千重子小姐"的时候,她猝然藏到人群里去了。

这是为什么?

千重子在御旅所遇见苗子,她心潮澎湃,比苗子更加激动不已。苗子说她早就知道自己是双胞胎,正在寻找这个姐姐或妹妹。然而,千重子做梦也没想到这一点。苗子发现千重子的那份喜悦,对于毫无心理准备的千重子来说,她不可能立即就能感受得到。

还有,自己的生身父亲从杉树上摔下来,生母也早已不在人世。千重子第一次从苗子那里听到这些,她心如刀割。

以往,千重子只是偶然从街坊邻里的议论中知道自己是个弃儿。至于父母长什么样,又是哪儿的人,她尽量不想这类问题。想也想不明白。再说,也没有深究的必要,太吉郎和阿繁对于她恩重如山。

今晚的前夜节上听到苗子的话,对于千重子来说,未必值得庆幸。但是,对于苗子这个亲姐妹,她还是萌生了温暖的爱。

"看样子,她心灵比我更清纯,能吃苦耐劳,身体也很健壮。"千重子喃喃自语,"说不定有一天,还要指望着她呢……"

她神情恍惚地走在大桥上。

"千重子,千重子!"真一在叫她,"干吗一个人呆呆地走着?你脸色好差啊。"

"哦,真一。"千重子回过神来,"真一扮成稚儿坐在长刀彩车上时,好可爱呀。"

"那时候觉得苦死啦。现在想想还挺怀念的。"

真一有个伴儿。

"这是我哥哥,正在读研究生。"

真一的这位哥哥很像弟弟,他大大咧咧地朝千重子点一下头。

"真一小时候是个胆小鬼,很可爱,长得像女孩子一样漂亮,所以老是被拉去当稚儿,简直是傻瓜一个。"哥哥说罢大笑起来。

他们走到大桥中间,千重子看着哥哥刚毅的面庞。

"千重子,你今晚脸色苍白,好像很悲伤。"真一说。

"或许是大桥中央灯光的缘故,才显得不同吧?"千重子说着停住脚步,"再说,这前夜节人来人往,大家都是匆匆忙忙的,谁会注意一个女儿家是否悲伤呢?"

"这样不行啊。"真一把千重子推到桥栏杆上,"稍微靠一靠吧。"

"谢谢。"

"河面上也没有风,不过……"

千重子用手支着前额,闭上了眼睛。

"真一,你扮稚儿坐在长刀彩车上的时候,是几岁来着?"

"唔,算起来好像是七岁,上小学前一年吧……"

千重子点点头,沉默不语。她想擦擦额头和

脖颈上的冷汗,将手伸进口袋里,是苗子的手帕!

"啊。"

这手帕被苗子的眼泪打湿了,千重子握在手里,该不该掏出来呢?她一时犯了踌躇。她把手帕团在手心里,揩了一下额角,泪水不由涌上眼眶。

真一露出怪讶的神色。他知道千重子不会将手帕那样揉成团放入口袋的,他了解她的性格。

"千重子,热吗?打寒战啦?要是热伤风就糟啦,早点回家吧……我们送你,好吗,哥哥?"

真一的哥哥点点头,他刚才一直盯着千重子看。

"路很近,不用送啦……"

"路近就更要送送啦。"真一的哥哥很干脆。

三人从大桥中间折回去。

"真一,你扮稚儿乘坐彩车巡行时,我一直在后头跟着走呢。你真的知道吗?"千重子问。

"记得,记得。"真一回答。

"那时还很小吧?"

"是很小嘛。稚儿要是怯生生地东张西望,很不像样子,可是心里老想着后头跟着一个小姑娘。真是太难为你啦,肯定被人挤得好苦……"

"现在再也不能回到小时候啦。"

"说些什么呀?"真一轻轻躲过她的追问,他疑惑,千重子今晚到底怎么了。

送到千重子家的店里之后,真一的哥哥向千重子的父母郑重行了礼,真一一直站在哥哥身后。

太吉郎在里屋,同一个客人饮节日酒。他没怎么喝,只是陪客。阿繁忙里忙外地伺候着。

"我回来啦。"千重子打了招呼,母亲对她说:"回来得很早嘛。"她瞅瞅女儿的神色。

千重子向客人郑重地行了礼。

"妈妈,我回来晚啦,也没能帮帮您……"

"好啦,好啦。"母亲阿繁用眼睛对千重子轻轻示意了一下,便同千重子一起去厨房端烫好的酒。

"千重子,瞧你心神不定的样子,他们不是把你送回来了吗?"

"是真一和他的哥哥……"

"我说是吧。你脸色不好,好像晕晕乎乎的。"阿繁用手试试千重子的额头,"虽说没发烫,也挺可怜的。今晚有客,你跟妈妈一起睡吧。"母亲说着,很体贴地搂住千重子的肩膀。

千重子眼里渗出一颗泪珠,她强忍住没掉下来。

"你先到里院的楼上歇着吧。"

"知道啦,谢谢妈妈……"千重子在温暖的母爱里,心情放松了。

"爸爸因为客人少,也很寂寞。吃晚饭时倒有五六位呢……"

千重子端来了酒铫子。

"已经酒足饭饱了,再喝上一杯够啦。"

千重子斟酒的手不住哆嗦,她又加上左手,可还是微微抖动。

今夜,中庭里的切支丹灯笼点上了火。老枫树凹窝里的两株紫堇也隐约可见。

花儿已经不见了,这上下两株小小的紫堇,就是千重子和苗子吧?两株紫堇看来似乎不会见面,可是今天晚上见到了吗?千重子朦胧之中望着两株紫堇,眼眶里又噙满了泪水。

太吉郎也觉得千重子有心事,他不时看看千重子。

千重子悄悄走开了,她登上里院的二楼。平时的住房里,也铺上了客人的床铺。千重子从壁橱里拿来自己的枕头,钻进了被窝。

她抽抽噎噎地哭了,为了不让外面听到,她的脸抵在枕头上,双手抓住枕头的两端。

阿繁上了楼,看到千重子的枕头湿了。

"喏,等会儿换换吧。"她给千重子拿出了一个新枕头,又立即下楼去了。她站在楼梯中间,回头看了看,什么也没说。

房间里是能铺下三张床的,可是只铺着两张。而且这一张是千重子的床。母亲似乎打算睡在千重子的床上。床铺的另一头,叠放着母亲和千重子盖的两条麻布被单。

阿繁没有铺自己的床,而是铺好了女儿的床,这本来是小事一桩,可是千重子却感受到了母亲的一份心意。

于是,千重子止住了眼泪,心情也平静下来。

"我是这家的孩子。"

千重子本来已经想明白了。可是见到苗子之后,她又心烦意乱,久久不能平静。

千重子站在镜台前面,瞧着自己的面容,她想化妆掩饰一下,随即又作罢了。她只是拿来香水瓶,在床上稍稍洒了一点,接着,紧了紧腰带。

不用说,她是不会那么容易入睡的。

"是不是对苗子这孩子太薄情了呢?"

一闭上眼睛,她就看见了北山村美丽的杉树林。

苗子的一番话,使得千重子对于生身父母的情况大致清楚了。

"能不能对家里的父母挑明呢?是说了好,还是不说好呢？"

恐怕这里的父母也不知道千重子生在哪里，更不知道千重子生身父母的下落吧？自己的生身父母"早已不在这个世界上啦"，想到这里，千重子不再流泪了。

大街上传来了祇园祭的音乐。

楼下的客人看来是近江长浜一带的绸缎商。几杯酒下肚，说话声音也大起来，就连千重子所在的里院楼上也能断断续续听到。

他强调说，彩车的巡行由四条大道经过宽广的、现代风格的河原町，再拐向疏散道路御池大道，市政府前还搭建了观览席，都是为了所谓的"观光"。

他说，从前，彩车经过古老京都狭窄的街道，偶尔会多少撞坏房屋，但极富情调，有时还能在二楼收到粽子。现在是撒粽子了。

四条大道不用说了，一拐进狭窄的街巷，不容易看到彩车的下方。他说，这样反而好。

太吉郎沉静地辩解说，在宽阔的大道上，整

个彩车的姿态都能看得很清楚,还是这样最过瘾。

眼下,千重子躺在被窝里,仿佛也听到彩车巨大的木轮,在十字路口拐弯时"嘎啦嘎啦"的声响。

今夜,这位客人似乎要住在隔壁的屋子里。千重子思忖着,明天把从苗子那里听到的事,全都给父母说明白。

听说北山杉村都是私人企业,但是,不是每户人家都有山林,有山林的很少。千重子想,自己的生身父母看来也是在山林主家里当雇工。

"我是当雇工的……"苗子自己也这么说。

二十年前,父母生下一对双胞胎,不仅名声不好听,两个孩子养大也很不容易,考虑今后的日子不好过,这才把千重子丢弃的吧?

——千重子还有三件事忘记问苗子了:千重子被舍弃的时候是婴儿,那么为何舍掉的是自己,而不是苗子呢?父亲从杉树上掉下来是哪一年?

苗子说过自己"刚出生",可是……还有,苗子说出生在母亲的娘家,那儿是"比杉树村更远的深山坳",那里究竟是个什么地方呢?

苗子似乎认为,被丢弃的千重子已经"身份不同"了,要是那样,苗子是绝不会再来看望千重子了。要想说说话儿,只有千重子到苗子劳动的作业场去。

但是,千重子不能瞒着父亲和母亲秘密行动。

千重子曾经反复阅读过大佛次郎的名作《京都的诱惑》,她脑子里浮现出这样一段话来:

> 北山种植了专门用来做圆木的杉树,青青的树梢重重叠叠,葱茏茂密,宛如天上的云层。一排排红松,队列整齐,树干纤细而又明丽,满山遍野,传来了悦耳的森林之歌……

那一座座浑圆的、重叠的山体演奏的绵延无

尽的音乐——森林之歌,如今也在她心头响起,驱散了节日的锣鼓和人群的喧闹。她透过北山众多的彩虹,倾听着这音乐和歌声……

千重子的哀愁变得淡薄了,或许也不算什么哀愁,而是突然邂逅苗子时的惊讶、迷惘和困扰的情绪。然而,作为一个姑娘,这毕竟是令人落泪的命运。

千重子翻转身子,闭着眼睛,倾听山峦的歌唱。

"苗子是那样高兴,我为何就不能呢?"

过了一会儿,客人以及父亲和母亲一起登上里院的二楼。

"好好休息吧。"父亲向客人招呼了一声。

母亲将客人脱下的衣服叠好,又来到这边房间,打算叠父亲脱下的衣服。

"妈妈,我来吧。"千重子说。

"还没睡呀?"母亲交给了千重子,自己躺下了。

"好香啊,到底是年轻人。"她高兴地说。

近江客由于喝了酒,隔扇那边立即响起了鼾声。

"阿繁,"太吉郎从临近床铺上喊着妻子,"有田先生不是想把儿子送到我们这儿来吗?"

"想当店员或是公司职员吧?"

"做养子,就是千重子的……"

"干吗提这种事,千重子还没睡着呢。"妻子想堵住丈夫的嘴。

"我知道,让千重子听听也好嘛。"

"……"

"是他家老二。他为他父亲办事,到我们家来过好几次。"

"我不太喜欢有田先生。"阿繁声音很低,但话说得很有力。

千重子的山间音乐消逝了。

"哎,千重子。"母亲转向女儿这边。千重子睁开眼,没有回应,房间里一时安静下来。千重子一直把两只脚叠在一起,默默无声。

"有田呀,他是想得到这座店,我是这么看的。"太吉郎说,"再说,他知道千重子是个漂亮又懂事的姑娘……他家又是生意场上的老搭档,对我们的买卖也很清楚。此外,我们店里,说不定有人向他打小报告呢。"

"……"

"千重子无论长得多么好看,我也不能为了家里的生意随便让她嫁人啊!哎,阿繁,你说是不是?这样做也对不起祖宗。"

"那当然喽。"阿繁说。

"我的性格不适合在店里。"

"爸爸,我让您把保罗·克利画集拿到嵯峨尼庵里去,您竟然也容忍啦。"千重子坐起来,向父亲道歉。

"什么呀,那是爸爸的乐趣,一种安慰。现在看来,正是生活的意义所在啊。"父亲微带歉意,"说实话,我没有绘制那种图案的才能……"

"爸爸。"

"千重子,我正琢磨着,卖掉这个批发店,搬到安静的南禅寺或冈崎,西阵也行,买一处小小的住宅,我们父女两个一起绘制和服和腰带图案,怎么样,你耐得住那份清苦吗?"

"什么清苦,我一点也不……"

"是吗?"父亲说到这里,不久就睡着了。千重子却难以成眠。

可是,第二天清晨,她及早醒来,就去清扫店前的道路,擦洗木格子和座凳。

祇园祭的活动还在继续进行。

节日的后半段有:十八日的彩车装点,二十三日的节后前夜、屏风节,二十四日的巡山,其后是奉纳狂言,二十八日洗御舆,接着回到八坂神社,二十九日举行神事结束奉告仪式。

好几座山都通向寺町。

千重子心事重重,她将惴惴不安地度过近一个月的节日。

秋天的颜色

明治时代"文明开化"象征中保留至今的一项——沿堀川河岸行驶的北野线电车,终于也要拆除了。这是日本最古老的电车。

众所周知,京都既是千年古都,又最早引进了西洋的东西,京都人竟然也有这样的一面。

然而,这种老朽的"丁零丁零"电车时至今日还在运行,这其中或许也含有某种"古都"风情。车体当然很小,相向而坐,几乎膝盖顶着膝盖。

不过,一旦拆除又会令人惋惜,所以就把电车用假花装饰起来,成了"花电车",叫那些尚保有遥远的明治遗风的人乘坐,同时广泛向市民宣传。这也是一种"祭典"吧。

连日来,一些清闲无事的人挤满了古老的车

厢。这是七月里的事,这时还有人打着阳伞。

京都的夏天太阳比东京酷烈,如今的东京早已看不到有人打阳伞走路了。

太吉郎在京都车站前正要登上花电车,一个中年女子故意躲在他的身后窃笑。太吉郎倒也算得上一个有明治做派的人了。

上了电车,太吉郎注意到这个女子,他有些不好意思地说:

"怎么,你不太'明治'嘛。"

"近似明治呀,何况,我家就住在北野线上。"

"是吗?唔,是啊。"太吉郎说。

"什么是啊?您真是个薄情的人呀……总归还是记起来了吗?"

"带个挺可爱的孩子……躲到哪儿去了?"

"说什么昏话……您明明知道不是我的孩子。"

"我可不知道。女人家……"

"说什么呀,谁知道你们男人干些什么?"

这个女子领着一个女孩,肌肤实在白嫩可爱,大概有十四五岁了,浴衣上系着红色细腰带。女孩很腼腆,她有意躲开太吉郎,坐在女子身边,一句话不说。

太吉郎轻轻拉了拉女子的衣袖。

"小千惠,坐到中间来。"女子说。

三个人好大会儿没有说话。女人隔着女孩的头,向太吉郎咬耳朵:

"这孩子,我打算叫她到祇园当舞女呢。"

"谁家的孩子?"

"附近一家茶馆的。"

"唔。"

"还有人以为是您和我生的呢。"女子隐隐约约地嘀咕着。

"胡说什么?"

这女子是上七轩茶馆的老板娘。

"这孩子硬要拉着我去北野天满宫[1]……"

---

[1] 祭祀平安时代学者被奉为学问之神的菅原道真的神社,位于京都上京区马喰町。

太吉郎明知是老板娘开玩笑,他还是问那女孩:

"你多大啦?"

"初中一年级。"

"唔。"太吉郎看看女孩,"好吧,等下辈子投胎时请多关照。"

到底是生在花街的孩子,太吉郎这句奇妙的话,她似乎也不动声色地听懂了。

"这孩子干吗要拉着你去拜天神呢?她莫非是天神转世吗?"太吉郎跟老板娘开玩笑。

"是啊,是啊。"

"天神是男的……"

"他早就投胎成女的啦。"老板娘一句话挡了回去,"要是还托生成男的,怕又要遭流放之苦啦。"

太吉郎几乎笑出声来:"是个女的呢?"

"变成个女的嘛,可不是,那就会得到如意郎君的欢心啊。"

"唔。"

那女孩生得俏丽,百里挑一,刘海又黑又亮,一副漂亮的双眼皮。

"是独生女儿吗?"太吉郎问。

"不是,有两个姐姐。老大明年春天初中毕业,也许要去当舞女。"

"像这孩子一样好看吗?"

"像是像,没这孩子长得俊。"

"……"

上七轩,如今没有一个舞女,即使要当舞女,也得等到初中毕业之后。

之所以称为上七轩,也许因为这里本来只有七间茶屋吧。如今增加到二十多间了。太吉郎不知在哪里也曾听说过。

往昔,也不是太久远的往昔,太吉郎和西阵的织匠,还有当地的老主顾们经常来上七轩眠花卧柳。那时候结交的女子,若有若无地在他脑子里浮现。当时,太吉郎店里的生意也很红火。

"老板娘一副好兴致,也来乘这种电车……"太吉郎说。

"人呀,谁没点恋旧呢?这个很要紧啊。"老板娘说,"我家的生意不会忘记老主顾的……"

"……"

"况且,今天送客人去车站,顺道儿就坐这趟电车回去了……佐田先生,您才叫人奇怪呢,孤零零一个人乘在车上……"

"这个呀,可怎么说呢。本来我也只想看看花电车罢了。"太吉郎歪着头,"还不是怀旧嘛,眼下很寂寞啊。"

"寂寞?您还不到那个年纪。跟我一块儿走吧 看一眼年轻的女孩子们也好嘛……"

太吉郎就要被带到上七轩去了。

老板娘径直来到北野神社的神像前面,太吉郎也跟着进来了。老板娘久久虔诚地祈祷着,女孩也低着头。

老板娘回到太吉郎身边就说:

"这个小千惠,放她回去算了。"

"唔。"

"小千惠,回家去吧。"

"谢谢。"女孩跟他们两个打招呼。她渐去渐远,走路的样子就像一个中学生。

"怎么,看来您喜欢上那女孩啦?"老板娘说,"过了两三年之后,就该出道喽,等着吧……如今就像大人般乖巧,将来肯定会出落成个美娇娘的。"

太吉郎没有吱声,他想,既然来到这里,就到宽广的神社内走走吧。可是,天气太热了。

"到你那里让我歇歇吧,太累啦。"

"哎,哎,我本来就是这个主意,隔了这么久,好容易来一趟。"老板娘说。

走进那间破旧的茶屋,老板娘一本正经地说:

"您来得正好。日子都怎么过的呀?姐妹们常念叨您来着。"

她又说:

"躺下来歇歇吧,我拿枕头来。哦,不是说寂寞吗?要不,我叫个老实的姑娘陪您说说话……"

"以前熟悉的艺妓就不要来了。"

太吉郎刚要打个盹儿,进来一个年轻的艺妓,她静静地坐了一会儿。客人是生面孔,或许使她很难应付吧。太吉郎绷着脸,一直提不起劲儿来。艺妓也许觉得客人对她没兴趣,就说什么自己出采之后,两年之间就有四十七个相好的。

"正好凑成了赤穗义士[1]啦。四五十个人,现在想想挺好玩的……人家都笑话我说,那样会害相思病的呀。"

太吉郎清醒过来:

"现在呢……?"

"现在一个人。"

这时候,老板娘早已进了客厅。

太吉郎怀疑,艺妓才二十岁光景,对于那些没有深交的男人,真的能记住是"四十七个"吗?

艺妓还说,她刚出来的第三天,陪一个毫无情趣的客人去洗手间,突然遭到强吻,艺妓咬破

---

[1] 元禄十五年(1703),兵库县赤穗城大石良雄等四十七人偷袭吉良义央宅第,为主君浅野长矩复仇,史称赤穗义士。

了客人的舌头。

"出血了吗?"

"哎,哎,出血啦。客人叫我出医药费,他火冒三丈,我都吓哭了,闹了一场小乱子。可这都怪他呀。那人叫什么名字,我早就忘记了。"

"唔。"太吉郎应了一声。这么个细腰身、溜肩膀、当时十八九岁的温柔的"京美人",怎么会突然凶狠地咬起人来了呢?想到这里,他凝视着艺妓的脸庞。

"看看牙。"太吉郎对年轻艺妓说。

"牙?我的牙吗?说话的时候,不都看见了吗?"

"还想仔细瞧瞧,行吗?"

"不行,太难为情啦。"艺妓紧闭着嘴,"这样也不行,老爷。人家总得开口说话呀。"

艺妓可爱的嘴角里露出一颗洁白的牙齿。太吉郎逗她说:

"想必是牙咬断了,安的假牙吧?"

"那舌头挺软的。"艺妓一下子说漏了嘴,"哎哟,够啦……"她把脸藏在老板娘背后。

过了一会儿,太吉郎对老板娘说:

"既然到了这里,也顺道去中里看看吧。"

"嗯……中里的她们也会高兴的,我陪您一块儿去,好吗?"老板娘说着,站了起来。她走到镜台前整整妆。

中里的外观还像原来一样,但客厅装饰一新。

又添了一个艺妓。太吉郎在中里待到吃完晚饭。

——秀男来到太吉郎的店铺,正巧碰到他不在家。秀男说是找小姐,千重子来到店里。

"祇园祭的时候约好的,我把腰带的图案画好了,特送来请您过目。"秀男说。

"千重子!"母亲阿繁喊着,"请他到里院来吧。"

"欸。"

秀男来到面对中庭的一间房里,打开图案,给千重子看。有两幅,一幅是菊花,连着叶子。叶子看起来让人想不到是菊花叶,为了力求新颖,实在是花了一番工夫。还有一幅是枫叶。

"很好啊。"千重子紧盯着画面瞧。

"要是千重子小姐满意,那我就太高兴啦……"秀男说,"想选哪一幅呢?"

"这个嘛,菊花的长年都能用。"

"那么就织菊花图案的,好吗?"

"……"

千代子低着眉,神色忧戚。

"两种都好,不过……"她支支吾吾,"长满杉树和红松的山峦,能织吗?"

"杉树和红松的山峦?比较困难,让我想想吧。"秀男有些诧异,望望千重子的脸。

"秀男师傅,请原谅。"

"原谅?说不上……"

"其实……"千重子不知该不该说出来,"过节那天晚上,在四条桥上,秀男师傅说要给织腰蒂的人，不是我，您认错人了。"

秀男没有出声。他不相信，脸上显得很失望。他为了给千重子设计图案，费尽了心血。难道千重子会完全拒绝吗？

要是这样，千重子的话实在叫人难以相信，难以理解。秀男稍稍涌上来男子汉的刚烈脾性。

"莫非是我见到小姐的幻影了？我是在同千重子小姐的幻影谈话吗？祇园祭的晚上，难道出现的是您的幻影吗？"但是，秀男没有说是"意中人"的幻影。

千重子神情冷静地说：

"秀男师傅，当时听您说话的是我的姐妹。"

"……"

"我的姐妹。"

"……"

"我也是那天晚上第一次见到我的姐妹。"

"……"

"这姐妹的事，我还没告诉家里的父亲和母

亲。"

"什么?"秀男很惊奇,他无法理解。

"北山做杉树圆木的村子,您知道吗?那女孩就在那里干活儿。"

"真的?"

秀男一时闭了嘴,他感到很意外。

"中川町,您知道吗?"千重子说。

"嗯,乘汽车去过一次……"

"请秀男师傅给她织一条腰带吧。"

"好的。"

"您答应啦?"

"嗯。"秀男依然狐疑不定,他答应了,"所以您叫我把图案换成长满红松和杉树的山峦,对吗?"

千重子点点头。

"行。不过,这样有点太生活化了。"

"还不全仗秀男师傅的设计吗?"

"……"

"那姑娘会一辈子珍惜的。她叫苗子,虽说

家里没有山林，可她很勤快，比起我来，又刚强，又能干……"

秀男虽说还有几分疑惑，但他表示：

"只要是小姐托我的，我一定把它织好。"

"我再说一遍，那姑娘叫苗子。"

"我记住啦。可她怎么长得和千重子小姐一模一样呢？"

"亲姐妹嘛。"

"尽管是亲姐妹……"

千重子没有告诉秀男是孪生姐妹。

因为是一身夏日祭典里的轻装打扮，在夜间的灯影里，秀男误将苗子当成了千重子。看来，不一定是眼睛有毛病。

优美的木格子，外面再加一道格子，连着一排座凳，而且铺面也很深广——今天看来，或许已经是一副过时的形态了，然而毕竟是京城里老派富裕的绸缎商，这家老板的女儿怎么会和北山杉圆木村一个做雇工的姑娘是姐妹呢？秀男实在不能理解。不过,这种事,旁人不便插嘴打听。

"腰带织成了,送到这里来吗?"秀男问。

"这个,"千重子略微想了想,"请直接送到苗子那里,行吗?"

"这样也行。"

"那就这样吧。"千重子的嘱咐里满含着诚意,"不过,离这要远一些……"

"我知道,远点也没关系。"

"苗子指不定会多高兴呢!"

"她会收下吗?"秀男的疑虑是有道理的。苗子一定会感到蹊跷吧?

"我来跟苗子说清楚。"

"是吗?要是这样……我就送去吧。她家住在哪里呢?"

这个,千重子也不知道:"苗子的家吗?"

"嗯。"

"我再打电话或写信告诉您吧。"

"是吗?"秀男说,"我就不考虑有两位千重子小姐这事啦,权当是给小姐一个人织,我一定出色地完成，并亲自献给她。"

"谢谢您。"千重子低下头，"拜托啦。您还感到奇怪吗？"

"……"

"秀男师傅，这腰带不是给我织的，是给苗子小姐织的。"

"嗯，我知道。"

不久，秀男出了店门，他脑子里依旧疑云重重，可是得马上考虑腰带的图案啊！满是红松和杉树的山峦，如果不大胆地进行构思，千重子想要的腰带就有落入俗套的可能。秀男只当作是给千重子织腰带，即使当成苗子姑娘的腰带，那也不能太贴近她的劳动生活，就像他对千重子说过的那样。

自己所见到的究竟是"化作千重子的苗子"还是"化作苗子的千重子"呢？秀男掉转脚步，他想再到四条大桥看看，可是烈日炎炎，酷热难当。他走到桥上，背倚栏杆，闭上眼睛倾听。他要听的不是行人和电车的喧闹，而是河水似有若无的流响。

今年，千重子没有去看"大文字"，母亲阿繁由父亲带领难得去了一次，千重子留下来看家。

父亲他们连同附近二三家关系亲密的批发店，将木屋町二条下茶屋的纳凉床整个租下。

八月十六日的"大文字"是盂兰盆节的送神火日。传统的习惯是在夜间向空中投放火把，送游荡的魂灵回归冥府；如今，则是在山间燃起篝火。

东山如意岳的"大文字"只是其中的代表，实际上，五座山上都会点燃篝火。金阁寺附近大北山的"左大文字"、松崎山的"妙法"、西贺茂明见山的"船形"和上嵯峨山的"鸟居形"，加上"大文字"，五座山上的送神火接连不断地点燃起来。这四十分钟间，市内所有霓虹灯和广告灯都要熄灭。

从送神火时山上的颜色，还有夜空的颜色中，千重子感受到了初秋的颜色。

比"大文字"提早半个月的立秋前夜之时,下鸭神社会举行越夏的祭神活动。

从前,千重子为了观看"左大文字",经常和几个朋友一起登上加茂川河堤。

"大文字"这种仪式,她从小就见惯了。

"今年,又到'大文字'的时节了……"随着年龄的增长,心里又记挂起来了。

千重子走到店外,围着座凳和邻里的儿童们一起游乐。小孩子对于"大文字"不感兴趣,他们只爱看焰火。

然而,这个夏天的盂兰盆节,千重子心里又添新愁。因为在祇园祭上同苗子相逢,从苗子那里得知,她们的生父生母都早早离开了人间。

"对啦,明天就去见苗子。"千重子思忖着,"秀男师傅给她织腰带的事也得跟她说明白……"

翌日午后,千重子身穿不太引人注目的衣服出发了。——千重子还没有在白天里看过苗子呢。

她在菩提道站下了车。

北山町该是大忙季节了。男人们已经扒下的

好多杉木外皮堆积如山，四周还散落了不少。

千重子脚步迟疑地向前走着，苗子一溜烟跑过来。

"小姐，欢迎，欢迎！您来得真好，真好啊……"

千重子看到苗子一身出工的打扮，问道：

"可以吗？"

"哎，今天我请假了，我看到您的身影……"苗子一边喘息，一边拉住千重子的袖子，"我们到山林里说话吧，那里没人看见。"

苗子迅速解下围裙，铺在地上。丹波绵织的围裙很大，能将身体前后都裹起来，所以，她们两个完全可以并排坐在上面。

"请坐下吧。"苗子说。

"谢谢。"

苗子取下头上的手巾，用手指拢了拢头发。

"您来得真好。我太高兴啦，太高兴啦……"她目光炯炯，仔细打量着千重子。

泥土的温馨，树木的香味，整个山林的气息十分浓烈。

"来到这里，山下没有人能看见。"苗子说。

"我喜欢优美的杉树林，时常来这里玩，可是没有进入过山林，这是第一次。"说着，千重子眺望着四周的景色。几乎同样粗大的一排排杉树挺然而立，包围着她们两个。

"这些都是人们种植的杉树。"苗子说。

"是吗？"

"这些树木都有四十多年了，已经可以砍伐做房柱等材料了。要是任它们一直长下去，千年以后，真不知会多粗多高呢。我有时就这样想。所以，我更喜欢原生林。这个村子，说起来，就是干着截枝剪花的行当呢……"

"这个世界，要是没有人，就不会有京都这样的城市，就会成为自然生长的森林和杂草的荒原。这一带，也一定是山鹿和野猪出没的领域。这个世界干吗要有人？多可怕呀，人类……"

"苗子，你是这样想的吗？"千重子感到惊

呀。

"嗯，有时候……"

"苗子讨厌人类吗？"

"我很喜欢人类，不过……"苗子回答，"没有比人更可爱的啦，但这块土地上要是没有人，会变成什么样呢？有时候，我躺在山野里，一醒过来就会想到这些……"

"这不就是藏在你心底的厌世情绪吗？"

"我呀，我才不会厌世呢。每天都在高高兴兴地干活儿……可是，人类……"

"……"

两个姑娘周围的杉树林蓦然变暗了。

"要下暴雨啦。"苗子说。雨点落在杉树梢的叶子上，积攒着，大滴大滴地掉落下来。

接着，传来震耳欲聋的雷声。

"好可怕，好可怕！"千重子脸色惨白，紧紧攥住苗子的手。

"千重子小姐，蜷起腿，弓着背，尽量缩成一团儿。"苗子说罢，趴在千重子身上，紧紧抱着，将她完全保护起来。

雷声越来越大，电闪与雷鸣一阵接着一阵完全没有间歇。那响声好似山崩地裂。

雷声很近，仿佛在两个女孩的头顶上炸开。

杉树林的树梢在大雨里喧骚不止。雷电的光烨在大地上闪烁，照亮了她们身边的树干。优美而挺拔的树木，转眼变得阴森可怖。忽然，又是一阵霹雳的雷鸣。

"苗子，雷会落下来吗？"千重子又紧缩了一下身子。

"也许会落下来的。可是不会落在我们身上的。"苗子一口咬定，"绝不会的！"

然后，她用自己的身体，更加严严实实地护住千重子。

"小姐，您的头发有点湿啦。"她拿起手巾擦擦千重子颈后的头发，然后把手巾折叠起来，盖在千重子头顶上。

"雨滴也许会渗下些来。不过，小姐，雷是绝对不会落在千重子小姐身上和周围的。"

心性坚韧的千重子，得到苗子一片真心的照顾，随之平静下来。

"谢谢啦……实在太感谢啦！"她说，"你这样护着我，自己全湿透啦。"

"反正是工作服，不碍事。"苗子说，"我很高兴。"

"腰里在闪光，是什么呀……？"千重子问。

"哦，我忘记放下了，是镰刀。我在路边正在剥杉树皮，直接就跑过来啦。"苗子想到了镰刀，"好危险啊！"说着，扔到了远处。这是一把不带木把的小镰刀。

"回去时再带走。真不愿回去呀……"

雷声似乎打她们两人的头上滚过。

千重子切实感到，苗子是在用整个身子把她全部盖住了。

不管多么炎热的夏天，山里的暴雨总是冷到指尖。苗子从头到脚掩护着千重子，她的体温在千重子身上扩散，深深地渗透着。这是无可形容的温暖亲情。千重子心里充满幸福之感，她久久闭着眼睛。

"苗子,我真的很感谢你。"她又说了一遍,"在妈妈的肚子里,你也是这样抱着我的吗?"

"那时候,还不是你踢我一脚,我给你一拳吗?"

"可不是嘛。"千重子笑起来了,声音里满含着骨肉亲情。

骤雨伴着雷声过去了。

"苗子,真难为你啦……已经不要紧了。"千重子在苗子身底下挪挪身子,想站起来。

"哎,再等等,别慌。杉树叶子上还有雨点滴落下来……"苗子依然掩护着千重子。千重子伸手摸摸苗子的脊背:

"全淋湿啦,不觉得冷吗?"

"我习惯啦,没事。"苗子说,"小姐来看我,我很高兴,心里一直热乎乎的。小姐您也多少淋湿啦。"

"苗子,爸爸是在这儿从杉树上掉下来的吗?"

千重子问。

"不知道。我当时也很小。"

"妈妈的娘家呢……？外公外婆都还好吗？"

"这些也都不清楚。"苗子答道。

"你不是在外婆家里长大的吗？"

"小姐，干吗还问这些呢？"苗子的口气变得生硬起来，千重子不敢再问了。

"小姐，您是不会有这样一些亲人的。"

"……"

"您把我当作亲姐妹，我就很感谢了。我在祇园祭上，说了一些多余的话。"

"没有，我很高兴。"

"我也是……不过，小姐家的店，我是不会去的。"

"来吧，我会好好招待你。我也给父母说说……"

"算啦。"苗子强调说，"小姐要是像今天一样，遇到什么难处，我会拼着命保护您的，不过……您懂我的意思吗？"

"……"千重子不由眼里一阵热辣辣的,"喏,苗子,节日晚上,你被错认是我,感到有些惊讶吗?"

"嗯,您是指谈起织腰带的那个人吗?"

"那位青年是西阵腰带店的织匠,他待人很诚恳……他不是说要给你织一条腰带吗?"

"他把我当成千重子小姐了呗。"

"前些日子,他拿着腰带图案找我去啦。我对他说,那不是我,那是我的姐妹。"

"是吗?"

"我托他给我的姐妹苗子也织一条。"

"给我……?"

"不是说好了吗?"

"那是他认错人啦。"

"他给我织一条,也给你织一条,作为两姐妹的纪念……"

"我……"苗子感到很意外。

"这不是在祇园祭上约定好的吗?"千重子温婉地说。

苗子的身体庇护过千重子后,显得有些僵直了,她纹丝不动。

"小姐,在您遇到困难的时候,我甘愿挺身而出,不惜一切,帮助您,解救您。可是要我代替您接受别人的礼物,我不愿意。"苗子断然地说,"那样叫人受不了。"

"你不是替我。"

"我是替您。"

千重子不知道该如何说服苗子,于是说道:

"就算我送给你的,也不接受吗?"

"……"

"我托他织,就是要送给你的嘛。"

"不太一样。节日的晚上,他认错了人,明明说是给千重子小姐织腰带。"苗子停顿了一下,"那位腰带店老板,不,是织匠师傅,看来对您很倾心。我也是个女人,这一点,我看得很明白。"

千重子忍住心中的羞涩之情,说:

"所以你就不接受了,对吗?"

"……"

"我是说请他织一条送给我的姐妹的……"

"那我就领情啦,小姐。"苗子乖乖听从了,"我刚才说了些多余的话,还请原谅。"

"他会直接送到家里去,你家住在哪里呢?"

"家里姓村濑。"苗子回答,"是高级的腰带吧?我这样的人,哪里会有机会系呢?"

"苗子,人的未来是不可知的。"

"是的。是这样。"苗子点点头,"我也不想出人头地……不过,即便没有机会系它,我也会当作宝贝保存的。"

"我们家店里虽说不做腰带生意,但我会为你挑一件和服,同秀男师傅织的腰带相称。"

"……"

"我父亲很古怪,近来渐渐对生意不感兴趣了。像我家这样的杂货批发商,看来也不能光卖高级商品了。况且,化纤和毛织品也多起来了……"

苗子仰望着杉树的树梢,离开千重子脊背,

站起身来。

"还有一些水滴掉落下来……小姐,让您受苦啦。"

"哪里,多亏了你呀……"

"小姐,您可以帮家里照料一下店铺呀。"

"我呀……?"千重子像是挨了打一样,站了起来。

苗子的衣服水淋淋的,紧贴在皮肤上。

苗子没有把千重子送到汽车站。她的衣服湿透了,更主要的原因是怕人看见。

千重子回到店里,母亲阿繁在通道土间的最里头,正给店员们准备工间点心。

"回来啦?"

"妈妈,我回来了。我回来得太晚啦……爸爸呢?"

"钻进手织帘子布后面,像是在思索什么。"母亲眼瞅着千重子,"到哪儿去啦?衣服都湿了,快去换换吧。"

"嗯。"千重子登上里院的二楼，慢悠悠地换着衣服，坐了好大一会儿，然后下了楼。这时，母亲已经给店员发过三点钟的点心了。

"妈妈。"千重子的声音微微颤抖着，"我有话想跟妈妈说。"

阿繁答应了："到楼上去吧。"

于是，千重子极不自然地问道：

"这里下暴雨了吗？"

"暴雨？没下暴雨呀，不是要谈暴雨的事吧？"

"妈妈，我去北山杉村了。那里有我的姐妹……不是姐姐，就是妹妹，我们是双胞胎。今年的祇园祭上，我第一次见到了她。听她说，我们的生身父母早就去世了。"

不用说，这对于阿繁是意外打击。她只是呆呆地望着千重子的脸："北山杉村……？啊？"

"我不能瞒着妈妈。祇园祭和今天，我们只见过两次面，可是……"

"是个姑娘吗？她现在怎么样啦？"

"在杉树村里当雇工,干活儿。是个好姑娘,她都不愿意到我们家里来。"

"唔。"阿繁沉默了片刻,"这样也好。那么,千重子……"

"妈妈,千重子是这家里的孩子,请您和过去一样,一直把我当成您的女儿吧。"她说着,脸上满含真诚。

"那当然,千重子二十年来,一直是我的孩子。"

"妈妈……"千重子把脸伏在阿繁的膝盖上。

"其实,自打祇园祭以来,我就看见你时常恍恍惚惚的,还以为喜欢上谁了,妈妈正想问问你呢。"

"……"

"要不,把那姑娘领到咱家来瞧瞧,行吗?找个晚上,等店员都下班了。"

千重子趴在母亲膝盖上,微微摇了摇脑袋。

"她不愿意来,她一直喊我小姐……"

"是吗?"阿繁抚摸着千重子的头发,"谢谢你鼓起勇气对妈妈说了。她是不是很像千重子啊?"

丹波壶里的金钟儿,开始鸣叫了。

一

松林青青

据说南禅寺附近，有一处价格较为理想的房子出售，一个天朗气清的秋日，太吉郎领着妻子、女儿，一边散步，一边想去看一看。

"您打算买下来吗？"阿繁问。

"看看再说。"太吉郎立即不耐烦了。

"据说很便宜，就是太小了。"

"……"

"到那里转转也好。"

"是啊，不过……"

阿繁有些不安。她猜想，买下这座房子来住，然后每天跑到现在的店铺上班吗？——就像东京的银座、日本桥一样，中京的批发商店街，也有好多老板在别处购了房子，每天到店里去上班的。

这样也好,说明"丸太"商店的生意即便继续衰落,也还有能力到别处购买小型住宅。

　　但是,太吉郎是不是想把商店卖掉,买下这座小住宅"隐居"呢?或者考虑趁手头还算宽绰,趁早下决心呢?不过,买下来之后,他住在南禅寺的小房子里,打算干些什么,如何过日子呢?丈夫已经快六十岁了,想让他舒舒服服地活着。店铺可以卖一大笔钱,不过单靠银行利息生活,心里总是不踏实。要是有人利用这些资金再去赚上一笔,那日子就会更好过。但是,阿繁一时想不起谁能干这件事。

　　母亲的不安虽然没说出口,女儿千重子似乎很清楚。千重子年轻,她用安慰的目光瞧着母亲。

　　然而,太吉郎显得既开朗,又快活。

　　"爸爸,要是到那里散步,顺便看看青莲院好吗?"千重子在汽车上央求说,"就在大门口停一下……"

　　"那里有樟树,你是想看樟树吧?"

　　"是的。"父亲一眼看出她的心思,这使千重子很惊奇,"是想看樟树。"

"行,行。"太吉郎说,"爸爸年轻的时候啊,也常和朋友一起,到那棵高大的樟树绿荫里聊天呢——那些朋友,没有一个留在京都。"

"……"

"那一带,每个地方都很令人怀念啊!"

千重子暂时让父亲沉浸在青年时代的回忆中。

"我离开学校后,还没有在白天里去看过那棵樟树呢。"过了一会儿,她说,"爸爸,您知道夜间观光巴士的路线吗?在寺院中只安排了青莲院这一站,巴士一到,和尚们就打着灯笼一起出来迎接。"

在和尚们的灯笼光里,一直被领到大门口,有相当长的一段路。然而,情趣也就只在这段路上了。

观光巴士的说明书上写着:青莲院的尼僧们会以薄茶招待。谁知一进入大厅,情况就变了。

"要说献茶倒也献了,可那么多人,只用一个大盘子端来,里面堆了好多粗瓷茶碗,匆匆忙忙,放下就走人啦。"千重子说着,笑了。

"也许有尼姑混在里头,没等注意就看不见啦……真扫兴,茶也是温吞的。"

"有什么法子呢?招待得太认真,不要花时间吗?"父亲说。

"哎,这还不说,在那宽大的庭院里,四面八方,灯火通明,和尚站在院子里解说。虽说是介绍青莲院,但听起来,却像一场激昂的演讲。"

"……"

"进入寺院后,不知从何处传来悠扬的琴声。我和同学都在议论,那是真的奏琴,还是放唱片呢……?"

"唔。"

"接着去看祇园的舞妓,只是在歌舞排练场里看了两三出舞蹈。哎呀,真不知那叫什么舞妓啊。"

"怎么啦?"

"虽说系着垂带[1],可衣裳却很寒酸。"

"真是。"

"从祇园到岛原角屋看高级艺妓[2],她们的衣裳实在华美,童女们也一样……在辉煌的烛光里,举行什么'饮酒盟誓'的仪式。然后,来到门口的土间,观看一下高级艺妓艳装游行时的造型。"

"嗬,能看到这些也不同寻常啊。"太吉郎说。

"是啊,青莲院的灯笼迎客和岛原角屋的艺妓表演确实很好。"千重子应和着,"这些事记得以前也讲过……"

"找个时间也带着妈妈去一趟,什么角屋和高级艺妓,我还没见过呢。"母亲正说着,汽车已经到达青莲院门前。

千重子为什么突然想起要来看樟树?是因为漫步了植物园的樟树林荫路,还是因为看了北山杉,觉得那些树都是人工栽培的,没有自然生长

---

1 垂带,花街艺妓、舞妓背后宽大而长及足跟的彩饰多层腰带。
2 原文作"太夫",指富有文化教养、色艺出众的艺妓。

的大树更好呢?

然而,青莲院门外石墙边上只有樟树,一排四棵,跟前的那棵最古老。

千重子一行三人站在樟树前面看着,什么也没说。他们凝神仰望着樟树粗大的枝条,虬曲盘绕,向四方展开,枝叶纵横交错,仿佛蕴蓄着一种诡异的威力。

"好了,走吧。"太吉郎向着南禅寺迈开脚步。

太吉郎从口袋的钱包里取出房主家的路线图,边走边说:

"我说千重子啊,爸爸对樟树也不太熟悉,这种树是不是适合生长在温暖的南方各地?比如热海、九州,那里一定很多。这里的那棵老樟树,怎么看上去像大盆景一样呢?"

"京都不就是这样吗?无论山川,还是人,都一样……"千重子说。

"哦,是吗?"父亲点点头,"可每个人不一己都是如此。"

"……"

"不论是今人,还是古人……"

"是这样。"

"照千重子的说法,整个日本不也是这样?"

"……"千重子觉得父亲虽然以小比大,可也有道理,"爸爸,那棵樟树的树干,以及那伸展着的奇妙枝条,定睛一看,您不觉得有一种可怖的力量吗?"

"是啊!一个女孩子,也在思考这类问题吗?"父亲回头望着樟树,然后又盯着女儿瞧,"确实像千重子说的,即便你头上乌黑闪亮的头发,也一样……爸爸迟钝啦,老朽啦,你给我上了重要的一课啊。"

"爸爸!"千重子怀着激动的心情,呼喊着父亲。

从南禅寺的山门窥视寺院之内,静谧而深广,像平素一样,看不到几个人影。

父亲看着房主家的地图,拐向了左边。这座

房子虽然很小,但围墙很高,纵深也大。从狭窄的屋门口到大门,两边的胡枝子盛开着白色的花朵。

"呀,好漂亮。"太吉郎在门前站了很久,出神地望着雪白的胡枝子。但是,他已经失去前来看房子的兴趣,这是因为,他发现相邻一间的隔壁房子变成了旅馆兼饭铺。

然而,那两排白色胡枝子,却使他依依不舍。

太吉郎好长时间没到这里来了,南禅寺前面大街上的房子大都改建成了旅馆兼饭铺,这使他大为惊奇。其中,有的经过改建后可以接待大型旅游团,地方上来的学生吵吵嚷嚷,出出进进。

"房子还不错,可是不能买。"太吉郎站在长着胡枝子花的屋门口,嘴里不停嘀咕。

"看来,整个京都大有变成旅馆、饭铺之势,就像高台寺周围……大阪、京都之间,也变成了工业区。西京一带,虽说还有空地,就算不考虑交通不便,但那附近将来也许会建造出一些奇形怪状、花里胡哨的房子来……"父亲失望地说。

太吉郎还在留恋白胡枝子花，他走了七八步远，又一个人折回去，看了很久。

阿繁和千重子在路边等着父亲。

"花真好看呀。莫非有什么秘诀吗？"他回到娘儿俩身旁说道：

"要是用竹子支撑着就好啦……一下雨，行人或许会被胡枝子的叶子打湿，不好走这石板路啊。"父亲说，"这家房主，想没想到今年的胡枝子也会盛开呢？要是想到了，他还会卖吗？看来，他是到了非卖不可的地步啦，哪里还顾得上胡枝子是死是活啊！"

娘儿俩一声没吭。

"人哪，都是这样子。"父亲显得神情黯然。

"爸爸，您那么喜欢胡枝子呀？"千重子故意打趣，"今年来不及了，等明年，我为爸爸设计一幅细花纹的胡枝子图案。"

"胡枝子适合于女性，一般用来做女子浴

衣[1]。"

"我要设计的既不是女服,也不是做浴衣用的。"

"哦,什么细花纹,那只能做内衣啊。"父亲望着女儿,笑了,"作为回礼,爸爸给你画一幅樟树的图案,做成和服或礼服,穿在千重子身上,那怪异的图案……"

"……"

"男人和女人完全颠倒了。"

"没有颠倒啊。"

"不信你穿上怪异的樟树花纹的和服,到街上走走看。"

"我一定走走,不管到哪里都行……"

"唔。"

父亲低着头,陷入沉思。

"千重子,我不光喜欢白胡枝子,不管什么花,连同观赏的时间和地点都一并印入心里了。"

---

1 夏季穿着的单层和服。

"可不是嘛。"千重子回答,"爸爸,既然来到这里,龙村也很近了,我想路过那里看看……"

"啊,那是一家为外国人服务的店铺……阿繁,怎么样?"

"千重子想看,就去一下吧。"母亲轻松地说。

"是啊,不过,龙村没有腰带什么的……"

这一带地方,是下河原町的豪华住宅区。

千重子一进店,就去看堆在右侧的一卷卷做女服的绸缎,这些不是龙村的,而是"钟纺"[1]生产的料子。

阿繁走过来说:"千重子也想做洋装吗?"

"不,不是,妈妈。我看看外国人都喜欢什么样的绸子。"

母亲知道了,她站在女儿的身后,不时伸出指头摸摸绸子。

---

[1] 1887 年创立的纺织公司,原名东京棉商社,1971 年改称"钟纺",2008 年合并清算,现已不复存在。

以正仓院织物残片为主的古织物残片的印花丝绸仿品，挂在中间的店面和走廊上。

这些才是龙村的产品。太吉郎多次看过龙村的展品，也看过原本的古织物残片和图录，这些都装在他的脑子里，如数家珍。但是，他还是觉得应该仔细地再看一遍。

"这是为了让外国人知道，日本也能生产这类商品。"一位与太吉郎相熟的店员说。

太吉郎上次来参观的时候，也曾经听到这类话，现在还是点了点头。当他看到中国等地的印花丝绸仿品时，也称赞说：

"真了不起啊。古代……这是一千多年前的东西吧？"

这里展示的这种古代大型印花残片的仿品，似乎不出售，但有一些仿品会织成女子腰带，太吉郎很是喜欢，买过几条送给阿繁和千重子。可是这家店是做外国人生意的，没有腰带出售。最大的商品是桌布。

另外，展示柜里还摆着袋包、钱包、烟盒、

方巾等小物件。

太吉郎买了两三条不像龙村风格的龙村领带和"揉菊"钱包。所谓"揉菊",就是将光悦[1]在鹰峰制作的"大揉菊"的纸艺纹样用到丝绸上,这种制作工艺相当新颖。

"东北有个地方,用结实的和纸制作这种钱包,和这里很相像。"太吉郎说。

"啊,啊。"店里人应和着,"他们和光悦有什么关系,我们不太清楚……"

里面的展示柜上还排列着索尼微型收音机,太吉郎一家甚感惊讶,就算这是为"赚取外汇"的寄售商品,也未免太……

三人被请到里间客厅品茶。店员告诉他们,那里的椅子上,曾经坐过一些从外国来的所谓"贵宾"。

玻璃窗外,生长着一片稀有的小小杉树林。

"这是什么杉树?"太吉郎问。

---

[1] 即本阿弥光悦(1558—1637),江户初期艺术家。京都人。长于陶艺、茶道、泥金画等。

"我也不太清楚……据说是广叶杉。"

"怎么写的?"

"有的花匠不识字,他们也不确定,可能就是'广''叶'这几个字。本州以南才有这种树木。"

"树干的颜色是……?"

"那是苔藓。"

微型收音机响了,回头一看,是一个青年男子正在向三四个西洋妇女讲解使用方法。

"哦,是真一的哥哥呀!"千重子站起身来。

真一的哥哥龙助,向千重子这边走来。他向坐在客厅椅子上的千重子的父母鞠了躬。

"是您陪同那些太太们吗?"千重子问。两人一接触,千重子就觉察到这位兄长和真一很不一样,他身上仿佛有一种迫人的气势,叫人很难跟他说话。

"我不是什么陪同,给她们当翻译的是我的同学,他的妹妹死了,我来代他三四天班。"

"呀,他妹妹……"

"是的。比真一小两岁,是个可爱的姑娘……"

"……"

"真一英语不行,人又腼腆,所以我就……其实这家店根本不需要什么翻译……再说,这些客人也只是来买收音机什么的。她们都是住在都饭店的美国人的太太。"

"是吗?"

"都饭店很近,所以过来看看。她们要是能仔细看看龙村的丝绸该多好,可是偏偏喜欢微型收音机。"龙助低声笑了,"管它呢,随她们便。"

"我也是第一次发现这里卖收音机。"

"不管是微型收音机还是丝绸,都一样要收美元,哪个都不能少。"

"是啊。"

"刚才我在庭院里,看到水池里有各种颜色的锦鲤,心里就泛了嘀咕,假若她们详细地询问,我应该如何说明才好呢?没想到她们只是说'好看,好看'就完啦,帮了我一个大忙。什么锦鲤,我哪儿知道啊?鲤鱼的各种颜色英语怎么说,我也弄不清楚。还有带花斑的鲤鱼什么的……"

"……"

"千重子小姐,去看看鲤鱼吧。"

"那些太太呢?"

"可以交给这里的店员,她们也差不多该回饭店喝茶啦。之后还要和她们的先生们会合,一同去奈良呢。"

"我去跟父亲母亲打声招呼。"

"对,我也要告诉客人们一下。"龙助说罢,就回到太太那里说了些什么。太太们一起朝千重子看,千重子脸上泛起了红晕。

龙助立即折回来,邀千重子到庭院里去。

他们两人坐在水池岸边,瞧着美丽的锦鲤游来游去,久久沉默不语。

"千重子小姐,您家里店铺的掌柜——不知算是公司的专务还是常务,请千重子小姐严肃教训他一次。您能做到吗?必要时我也可以到场……"

千重子甚感意外,她的心突然紧绷起来。

从龙村回来的那天夜里,千重子做了个梦——梦见自己蹲在水池岸上,五彩斑斓的鲤鱼成群结队地向她的脚边游来。鲤鱼聚合在一起,有的纵身一跳,有的将头露出水面。

就是这样的梦,而且梦见的是白天里发生的事情。千重子将手伸进池水,稍稍搅动水波,鲤鱼就立即聚拢过来了。千重子十分惊奇,她从这群鲤鱼身上感受到了一种莫名的情爱。

千重子身边的龙助,比她更为惊奇。

"千重子小姐的手上有着什么样的馨香——什么样的灵气呢?"

千重子羞涩地站起来,说:"这或许是鲤鱼和人混熟了的缘故吧。"

龙助凝神注视着千重子的侧影。

"东山就在眼前呢。"千重子躲开龙助的眼睛。

"哦,您不觉得颜色有些变了吗?秋天来了……"龙助应和着。

在千重子的鲤鱼梦里，龙助有没有待在自己的身边呢？醒过来的千重子也不记得了。她好大一会儿再也睡不着了。

第二天，千重子想起龙助要她对店里的掌柜严肃教训一下的劝说，对此她颇有些犹豫。

店里临近打烊时分，千重子坐到账房前边。这是一个环绕着低矮木格子的古色古香的账房。掌柜植村一眼看出，千重子的情绪非比寻常。

"小姐，有什么吩咐吗……？"

"我想看看衣料。"

"是小姐穿的……？"植村松了口气，"是用自家店的料子吗？是打算做过年穿的和服，还是外出的礼服或振袖呢？对啦，小姐不是一直在冈崎染坊和雕万店里买吗？"

"我想看看自家店里的友禅，不是过年穿的。"

"好的。把所有的料子都搬出来供您过目，不知其中有没有小姐中意的。"植村立即站起来，叫两个店员，对他们耳语了一下，三人一起搬出十几反[1]料子,摆在店中央,熟练地排列起来。

"就选这一种吧。"千重子也很果断,"请在五天到一周之内做成,还要吊上衣裾的里子。"

植村一下子怔住了:"太仓促啦,我们是搞批发的,很少直接同外面的裁缝店打交道,不过我尽量努力。"

两个店员动作灵活地卷好料子。

"这是尺寸。"千重子放在植村的办公桌上。可是,她还不肯走开。

"植村先生,我也想学习学习,逐渐熟悉家里生意的情况,还请您多多关照。"千重子的语气很柔和,她轻轻点了点头。

"好说。"植村的表情有些生硬。

千重子沉静地说:

"明天我想来看看账簿。"

"账簿?"植村苦笑起来,"小姐要查账吗?"

---

[1] 日本布匹单位,1反通常可做一人份的和服衣料。

"哪里,我怎么敢干那种事。我呀,只是想看看,了解一下店里的买卖如何。"

"是吗?直说了吧,账簿有好几本呢,一种账是应付税务署的。"

"我们店里有两种账簿吗?"

"说些什么呀?小姐。要想干那种糊弄人的事,恐怕还得请小姐您呢。我们可是光明正大的。"

"反正明天我要来看,植村先生。"千重子甩下这句话,从植村面前走了过去。

"小姐,我植村从您出生前就在这店里料理生意了……"植村说罢,看到千重子头也不回,就轻轻嘀咕了一声,"这是要干什么啊?"然后,他咂咂舌头,"腰真疼啊。"

母亲在准备晚饭,千重子一走过来,母亲就神色不宁地说:

"千重子,你怎么干那种事啊?"

"哎,您害怕啦?妈妈。"

"年轻人哪,看起来挺文静,其实好可怕呀。连妈妈都吓坏啦。"

"这也是人家给我出的主意。"

"什么?是谁呀?"

"真一的哥哥,在龙村时……真一家里,他父亲经营一座出色的店铺,手下有两个掌柜。要是榁村不干了,他们可以调过一个来,他自己来也可以。"

"是龙助跟你说的?"

"嗯。他说,反正要经商的,为了生意,他可以随时不读研究生……"

"是吗?"阿繁望着千重子青春焕发的俊美容颜。

"植村先生似乎还没有打算辞职,不过……"

"他还说,要是那块长着白胡枝子花的地方,还有合适的房子出售,他想叫他父亲买下来。"

"唔。"母亲一下子说不出话来,"可是你爸爸有些厌世呀。"

"其实,爸爸那样也很好……"

"这也是龙助说的?"

"嗯。"

"……"

"妈妈,我刚才看了看,想用店里的料子给杉树村的那个姑娘做一件和服,行吗?千重子求您啦……"

"行啊,行啊。再做件外褂吧。"

千重子转过脸去,眼里噙着泪水。

为什么叫高座织机呢?当然因为是高高的织锦机。也有的人说,是因为将地面浅浅挖出一层,把织机坐进去,泥土的潮气对丝线有好处。本来,高机上面坐着人,可如今,是将重石装进竹筐里,吊在织机边上。

有的织锦店同时使用手工织机和机器织机。

秀男家有三台手工织机,兄弟三个各据一台。父亲宗助有时也坐在织机上织一会儿。西阵有着不少这样的小作坊,秀男的家境还算说得过去。

千重子托付的腰带快要织好了,秀男也一天天兴奋起来。看到自己倾尽全力的腰带眼看就要完成,心里怎能不高兴呢?然而,更重要的缘由

是　他从筘和织机的声响里感受到了千重子的存在。

不,不是千重子,是苗子。这不是千重子的腰带,而是苗子的腰带。但是,秀男在织造过程里,把千重子和苗子只当成一个人。

父亲宗助站在秀男身边,望了好半天。

"嚄,好腰带,这花纹难得一见啊!"他歪着头,"是谁的?"

"佐田先生家的千重子小姐。"

"这花纹……?"

"千重子小姐设计的。"

"哦,千重子小姐……真的?唔。"父亲吃惊地看着,又伸手摸摸织机上的腰带,"秀男,你织得很紧致嘛,这样好啊。"

"……"

"秀男,以前记得也给你说过,佐田先生对咱家有恩哪。"

"听您说过,爸爸。"

"唔,是说过吧。"宗助说着,还是重复了一遍,"我从一个织匠干起,好不容易置办了一台高座织机,有一半钱还是借来的。每织完一条腰带,就拿到佐田先生那里去卖。就一条腰带,也很难为情的,只好夜间悄悄地送去……"

"……"

"佐田先生从来没有表示过不悦。到了有三台织机,还算能……"

"……"

"不过,秀男,人家同咱身份不同……"

"我心里有数,干吗要说这些啊?"

"秀男,佐田先生家的千重子小姐,你好像很喜欢她……"

"就这啊。"秀男刚刚歇下的手脚又继续动起来。

腰带织成了,他赶紧给北山杉村的苗子送去。

午后,北山的天上好几次升起了彩虹。

秀男带着苗子的腰带,一上路就看到了彩虹。

彩虹很宽大，但颜色轻浅，弓形的顶端尚未合拢。秀男站住，望着望着，那彩虹的颜色越来越薄，眼看就要消失了。

然而，汽车驶进山峡前，秀男又两次看到相似的彩虹。一共三次，每一次都没有形成完整的弓形，总是有淡薄的地方。这样的彩虹本来很常见，可是今天秀男心里却有点不踏实。

"唔，这彩虹到底是吉是凶啊？"

天空不太阴沉。一进入峡谷，原先那里会再出现这般轻浅的彩虹吗？被清泷川岸边的山峰挡住了，什么也看不见。

他在北山杉村一下车，穿着一身劳动服的苗子就用围裙擦擦湿漉漉的手，马上走了过来。

这阵子，苗子正赤着两手，用菩提沙仔细清洗杉树圆木。

时令还是十月，山水已经很凉。人工挖掘的水沟里漂浮着圆木，一端安装着简陋的锅灶，好像有热水从那里放出来，上面飘着热气。

"辛苦您到这种山坳里来。"苗子弯弯腰。

"苗子小姐,上回说的那条腰带终于织成了,现在给您送来。"

"是千重子小姐的替身腰带吧?我不愿意做她的替身,只见见面就行啦。"苗子说。

"这条腰带是已经约好了的,而且是千重子小姐画的图案。"

苗子低着头:"其实啊,秀男师傅,千重子小姐店里的人前天已经把给我做的和服,还有草履,一并送来了。可这些东西,我哪辈子才能穿上身呀?"

"二十二日的时代祭怎么样?您不能出来吗?"

"不,他们会放我出来的。"苗子毫不迟疑地说,"眼下在这里说话,人家会看到的。"她想了想,"到那边河滩的沙石地去坐一会儿吧。"

她不能像上次和千重子两个人会面那样,躲在杉树林里。

"秀男师傅织的腰带,我会当作终生的宝贝。"

"不,我还会再给您织的。"

苗子没有吱声。

千重子给苗子送和服,苗子寄居的人家自然是知道的,所以,将秀男带到家里来也说得过去。但是,苗子已经大体知道了千重子如今的身份和店铺的情况,光是这一点,她自幼怀抱的心愿就获得了满足。此外,她不想因为一些小事再给千重子增加烦恼。

再说,养育苗子的村濑家是这一带颇有威望的山林主,苗子又整日不辞劳苦地干活儿,所以即便千重子家里知道了,也不会引出什么麻烦来。按说,比起一个中等程度的丝绸批发商,持有整片杉树林的人家更殷实得多。

然而,苗子思忖着,她和千重子越来越亲密的交往一定要保持慎重。不为别的,正因为千重子的爱已经渗入她的心底……

所以,她把秀男带到河滩的沙石地里来了。清泷川的沙石河滩上,也随处种着北山杉。

"真是太难为您啦,请原谅。"苗子说。到底是个姑娘家,她很想早点看到腰带。

"好漂亮的杉树林啊!"秀男抬眼望着山峦,随手打开棉布包裹,解开纸袋。

"这里是身后的鼓形结,这些是前面的……"

"哇!"苗子试着把腰带抻一抻,"这样的腰带,我哪里配得上呀!"苗子眼里闪现着光辉。

"一个傻小子织的腰带,有什么配不上的?红松和杉树,同新年很相宜。我本来只考虑把松树作为背后的鼓形,千重子小姐说还是以杉树为主。到这儿一看,才真正明白过来。一说杉树,就以为是大树、老树,这回,我把它处理得柔和些,也许就是这条腰带的特色吧。红松的树干也一样,在颜色上也动了点脑筋……"

不用说,杉树的树干,他没有画成原色,在形态和色调上都费了番功夫。

"这腰带真不错,实在太感谢您啦……像我这样的女子,是不能系这种华丽的腰带的。"

"千重子小姐送的和服合身吗?"

"我想会很合身的。"

"千重子小姐从小就对京都风格的绸缎很熟悉……可是,这条腰带还没有送给她看过呢。不知为什么,总觉得有点难为情啊。"

"然而这腰带就是千重子小姐设计的呀……我真想让她亲眼看看。"

"那么时代祭的时候,就请您穿上吧。"秀男说罢,将腰带叠好,装进纸袋。

秀男在纸袋外面扎好细绳。

"请您不必介意,收下吧。虽说是我跟您约定的,可也是千重子小姐委托的腰带。您把我当作一个平平凡凡的织匠看待吧。"他对苗子说,"这可是我凭着一片真诚织造的啊!"

苗子把秀男送给她的腰带小包搁在膝头,久久不语。

"千重子小姐从小就见惯了和服,她送给您的那件和服,同这条腰带肯定相配。这些我刚才都说了……"

两人面前那浅浅流水的清泷川,传来了潺潺的声响。秀男环顾着两岸山坡上的杉树林:"我想到杉树的树干,宛若工艺品般整齐地站立着,上面的枝叶倒也像朴实的花朵啊。"

苗子的脸上蒙着一片愁云。她想,父亲一定是在为杉树整枝的时候,忽然想起遗弃的孩子千重子而牵肠挂肚,当他从一棵树梢荡到另一棵树梢的当儿,不小心摔下来了。当时,苗子和千重子都还是婴儿,当然什么也不记得。苗子稍稍大了些之后,才听村里人提起这件事。

因此,苗子只知道自己有个孪生姊妹,至于千重子——她当然不知道这个名字——是死是活,是姐姐还是妹妹,她一概不清楚。她只巴望能见上一面,哪怕远远看她一眼也好。

苗子家原来那间像草棚一样破陋的小屋,如今还在杉树村里荒废着,一个姑娘怎好独自住下去呢?那小屋现在由一对长年在山林里干活的中年夫妻和一个上小学的女孩住着。当然,她不会收什么房租,再说这样的破屋也根本谈不上收房租。

那个上小学的女孩，不知为何尤其喜欢花，小屋附近正好有一棵漂亮的金木樨。"苗子姐姐！"她有时跑到苗子这里，询问修剪木樨树的方法。

"用不着费心。"苗子答道。可是，每当苗子打那里经过，总是比别人更能远远闻到木樨的香气。对于苗子来说，这花香反而给她增添了一丝悲凉。

——苗子把秀男织的腰带搁在膝盖上，沉甸甸的，各种思绪一起涌上她的心头……

"秀男师傅，我知道千重子小姐的下落以后，就不会再和她往来了。这和服和腰带我权且领受了，可就这一次……您能理解我吗？"苗子诚恳地说。

"知道啦。"秀男说，"时代祭那天您来吧。请苗子小姐系上这条腰带让我瞧瞧。我不邀请千重子小姐。节日的仪仗队是从御所出发的，我在西面的蛤御门旁边等您。就这样，好吗？"

苗子的脸上久久泛着红潮，她深深地点了点

头。

对岸水边,一棵叶子发红的小树映在水里,树影不住晃动着。秀男抬起头来。

"那长着鲜艳红叶的是什么树?"

"是漆树。"苗子扬起脸回答,她顺势用震颤的手指整整头发,一不小心松散开来,乌黑的长发一直披散到肩头和脊背上。

"哎呀!"

苗子立即涨红了脸,她拢着头发,向上绾起来,再用衔在嘴里的发卡别住,可是,有些发卡散落到地上,不够用了。

秀男眼瞅着她的姿影,一举一动都那么优美迷人。

"您留着长头发吗?"他问。

"嗯。千重子小姐也没有剪短,她梳拢得很好,男人们根本看不出……"苗子慌忙顶上头巾,说了声"对不起"。

"……"

"我在这里,只给杉树化妆,自己不化什么妆。"

不过,她也搽点口红,薄薄的一层。秀男真希望她再次取下头巾,将长长的秀发披散到背上,可他哪能说得出口。秀男一看到苗子慌忙蒙上头巾,心里就泛起这种想法。

褊狭的溪谷西岸,山头渐渐昏暗下来。

"苗子小姐,该回去了吧?"秀男说着站起来。

"今天的活儿该结束了……天也变短啦。"

秀男望着峡谷东面山巅上挺拔的杉树林,透过树干的空隙,他看见了金色的晚霞。

"秀男师傅,谢谢啦。实在辛苦您啦。"苗子爽快地收起腰带,也站了起来。

"您要是感谢,那就感谢千重子小姐吧。"秀男说。不过,他能为这位杉树村的姑娘亲手织一条腰带,那种喜悦像一股暖流涨满了心间。

"别怪我啰唆,时代祭那天,请记住,我在御所西门的蛤御门等着您。"

"嗯。"苗子深深点着头,"穿着从未上过身的和服和腰带,那该多难为情呀……!"

十月二十二日的时代祭,连同在上贺茂神社和下贺茂神社举行的葵祭和祇园祭,在节日繁多的京城里,并称三大祭。虽说主会场在平安神宫,但游行的仪仗队是从京都御所出发的。

苗子打从一早就心神不定,她比约定时间提前半小时到达御所西便门蛤御门,站在树荫下等秀男。和一个男人相约,她还是头一回。

天气晴朗,碧空如洗。

平安神宫建立于明治二十八年,正值国都迁都于京都一千一百年。不用说,时代祭在三大祭中是最新的一个。但因为是庆祝定都于京都的节日,千年古城的流风逸韵都要在仪仗队里体现出来。为了展示各个时代的服饰,还要请众多名人粉墨登场。

例如和宫[1]、莲月尼[2]、吉野太夫[3]、出云阿国[4]、淀君[5]、常磐御前[6]、横笛[7]、巴御前[8]、静御前[9]、小野小町[10]、紫式部、清少纳言。

还有大原女、桂女[11]。

因为杂有娼妓、女演员和商女，故先举出了

---

1 和宫（1846—1877），仁孝天皇第八公主，亲子内亲王。下嫁德川加茂将军。加茂殁后，落饰为尼，号静宽院宫。
2 即大田垣莲月（1791—1875），江户末期女流歌人，歌风优美纤细，著有家集《海人刈藻》。
3 指京都的高级艺妓。
4 阿国歌舞伎创始者。原为出云大社的巫女，于京都创造"歌舞伎踊"，后发展为歌舞伎。
5 淀君（1567—1615），丰臣秀吉侧室，名茶茶。居山城淀城，生秀赖。秀吉殁后，拥秀赖于大坂城居。城陷，自刃而死。
6 平安末期女官。嫁源义朝，义朝死后，为保子命委身于平清盛，后再嫁藤原长成。
7 《平家物语》中的女子。建礼门院杂仕。为平重盛臣子泷口入道所追恋。后双方皆遁入空门。
8 镰仓初期女子。艳丽骁勇，嫁源义仲，为麾下一武将，雌雄并驱疆场。夫死后，祝发为尼。
9 源义经爱妾，色美且善歌舞。源氏兄弟阋墙后，同义经诀别于吉野山，被执送镰仓，于源赖朝、北条政子前翩然起舞，表达对义经思恋之情。
10 平安前期歌人，歌风柔艳。传说中的绝世美女。
11 居住于京都西部桂地区，头戴白布，手拎木桶，在京都市内叫卖鲶鱼、糖等商品的女性。

以上这些女子来。当然,楠正成、织田信长、丰臣秀吉等王朝公卿和武人也很多。

仪仗队犹如一幅京城风俗的画卷,长而又长。

女人加入游行行列,是昭和二十五年以后的事。她们把节日装点得更加华艳、风流。

仪仗的先头有明治维新时期的勤王队、丹波北桑田的山国队,后尾是延历时代文官上朝的队列。他们一到达平安神宫,就站在凤辇前面致祝辞。

队伍是从御所出发的,在御所前的广场上观看最好。所以,秀男才邀苗子到御所来。

苗子站在御所便门的树荫里等秀男,由于来往的人很多,没有人注意她。倒是有个商家模样的中年妇女向她走过来:"小姐,这腰带真好看。哪儿买的?和衣服挺相配……让我瞧瞧。"说着,她想伸手摸摸,"能让我再看看后面的鼓形结吗?"

苗子转过身子。

"哇!"那女人赞叹了一声。被人家打量一番,苗子反而显得平静了。她能穿这样华美的和服,系如此漂亮的腰带,这可是从来没有过的。

"让您久等啦。"秀男来了。

仪仗将从这里出发,紧靠御所的观览席被拜佛团体和旅游协会占据,秀男和苗子只得站在相邻的观览席的后列。

苗子第一次站在这样好的席位上,她凝睇眺望着仪仗队的行列,忘记了秀男,也忘记了自己身上的新衣裳。

这时,她蓦然回过神来。

"秀男师傅,在瞧什么呢?"

"我在瞧松树的青绿。看,那仪仗队以绿色松林为背景,队伍也被映衬得越发醒目啦。这御所广阔的庭院不是长满了黑松吗?我可喜欢啦!"

"……"

"我也从旁盯着苗子小姐您呢,没注意到吗?"

"真讨厌。"苗子低下眉来。

一

深秋里的姐妹

在节日众多的京都,较之"大文字",千重子更喜欢鞍马火祭。苗子离得不远,也去看过。但是,以往的火祭,两个人即便交肩而过,也不会引起彼此的注意。

从鞍马道至参道,家家户户扎上树枝,向屋顶喷水。到了夜半,人们举着大小各种火把,一路呼喊着"哼呀咳哟"登向山顶的神社,火焰熊熊燃烧。接着,出现了两顶轿子,村里的妇女们全体出动,拉着轿子的绳索。最后,献上大火把,活动一直持续到天亮。

然而,今年不举行这种闻名遐迩的火祭了,据说是为了节约。伐竹祭照例举行过了,而火祭却停止了。

北野天神的"芋茎祭"今年也没有了。据说是因为芋茎歉收,无法装点芋茎轿子。

在京都,鹿谷安乐寺的"南瓜供"啦,莲花寺的"黄瓜封"啦,这样的祭祀活动也不少。所有这些,都表达了古都乃至京都人的一个侧面。

近年来,得以恢复的是岚山河流的龙船上的迦陵频伽[1],还有上贺茂神社庭院里的曲水流觞。这些都是王朝贵族的风流趣味。

曲水宴上,人们身着古人衣冠坐在岸边,左右有童子伺候。当酒杯流到跟前时,或吟诗作画,或即兴挥毫,然后掬起面前的酒杯一饮而尽,再将酒杯放入水流。

这是从去年开始的节日活动,千重子去看了。王朝公卿的先头是和歌诗人吉井勇(这位吉井勇已经辞世,如今不在了)。

因为是新近才恢复的活动,似乎还不为人们所熟知。

---

[1] 又称妙音鸟,佛教中生活在极乐净土的鸟,上身为美女,下身为鸟。其优美鸣声被用以形容诵佛经声。

千重子今年也没有观看岚山的迦陵频伽,她觉得缺乏古雅的情味。京都有的是古色古香的庆典,看都看不完。

——也许是由于被阿繁这位勤劳的母亲一手养大,也许天生就是这样的性格,千重子一大早就起来,仔细揩拭格子门窗。

"千重子,时代祭上你们两个倒是玩得很开心啊!"吃罢早饭收拾完毕,真一打来了电话。看来,真一也把千重子和苗子认错了。

"你去了吗?怎么连个招呼都不打……"千重子耸耸肩膀。

"我本来想约你的,可是哥哥不允许。"真一说得挺坦率。

千重子迟疑了,没有提醒他认错人了。但是,千重子从真一的电话里联想到,苗子穿着自己送的和服,系着秀男织的腰带,去观看时代祭了。

苗子的同伴肯定是秀男。这件事,千重子一时有些意外,但随后心里立即热乎乎的,脸上浮现出微笑。

"千重子，千重子!"真一在电话里喊着，"怎么不说话呀?"

"给我打电话的不是真一吗?"

"是的，是的。"真一笑起来，"现在，掌柜先生在吗?"

"不，还没来……"

"千重子，你感冒了吗?"

"听起来像感冒吗? 我刚刚在外面擦木格子呢。"

"是吗?"真一似乎晃动了一下听筒。

这回，千重子笑得很开朗。

真一压低声音说："是哥哥叫我打电话的，现在换他跟你说话……"

千重子对真一的哥哥就不像对真一那样自由自在。

"千重子小姐，教训过掌柜先生了吗?"龙助开门见山地问道。

"嗯。"

"哦,真了不起!"龙助提高了嗓门,又重复了一遍,"真了不起!"

"妈妈在后头听见了,差点吓坏啦。"

"是吗?"

"我对他说,我打算学学店里的买卖,请把账簿全部拿出来给我看看。"

"哎,这很好嘛。您能说出来就好。"

"然后,我又叫他把保险柜里的存折、股票、债券什么的,全都拿出来。"

"干得好,千重子小姐,您真不简单。"龙助控制住情绪,"千重子小姐,看您平时是个文静的姑娘,可是……"

"还不都是仗着龙助君的指点吗?"

"不是我指点您,附近的批发商也有一些奇怪的谣传。我本已下定决心,如果您不便说,就由我父亲或我自己去说个明白。不过,还是由您说最好。掌柜先生的态度有变化吗?"

"嗯,算是有点。"

"是吗?"龙助在电话里沉默了好长时间,"这样最好。"

龙助在那边似乎有些犹豫不决,随后对千重子说:

"千重子小姐,今天下午,我到你家店里去一趟,方便吗?"他说,"真一跟我一起……"

"没什么不方便的,我这里不会有什么不得了的事。"千重子回答。

"你是闺阁小姐嘛。"

"瞧你。"

"怎么样?"龙助笑了,"最好趁着掌柜还在店内的时候,我也要给他点颜色看看。千重子小姐,您不必有什么顾虑。我会看着掌柜先生的表现见机行事的。"

"啊?"千重子再没有话可说了。

龙助家的店是室町一带的大批发商,生意伙伴们也都各自雄踞一方。龙助虽然正在读研究生,但店里的重担自然而然地落在他的肩膀上。

"到了吃甲鱼的时节啦。我在北野的大市预订了席位，敬请光临。您家父母由我出面请吃饭不合适，所以就只您一个……我将带着小稚儿一起去。"

"唔。"千重子很感诧异，她只是应了一声。

真一扮作稚儿坐在祇园祭的长刀彩车之上，已经是十多年前的事了，哥哥龙助现在还是会半开玩笑地管真一叫作"小稚儿"。也许因为真一身上至今依然保留着稚儿般的可爱和温柔吧……

千重子对母亲说："龙助和真一打电话来，说下午要来咱家呢。"

"真的吗？"母亲阿繁显得有些意外。

午后，千重子登上后院二楼，妆容上虽然不想太惹眼，但还是精心地修饰一番。她认真梳理着一头长长的秀发，怎么也绾不成一个可心的发型，衣服也是挑来捡去，不知穿哪件好。

她终于下楼了，一看，父亲早已出门，不在家里。

千重子来到里面客厅，拨了拨炭火，向周围打量了一下。她看看狭窄的庭院，老枫树上的苔藓依然绿油油的,树干上寄生的两棵紫堇叶子已经发黄了。

切支丹灯笼脚下的那棵小山茶树绽放着红花,那红色看上去鲜艳夺目,胜过红玫瑰,深深印在千重子的心里。

龙助和真一来了。他们向千重子的母亲郑重行了礼之后,龙助一人来到账房,端坐在掌柜面前。

掌柜植村慌忙走出柜台,再次向龙助施礼,久久问候一番。龙助虽然也加以应酬,但神情严肃,态度冷淡。植村自然明白,来者不善。

植村琢磨着,这位学生哥儿究竟干什么来了?可是,他被龙助的气势所压倒,一筹莫展。

龙助等植村停下嘴,便沉静地说道:

"贵店生意兴隆,经营有方啊。"

"嗯,承蒙夸奖,谢谢。"

"家父等人时常谈起,佐田先生多亏有植村先生,您经验丰富,乃商界老手……"

"实在不敢当。同水木先生的大店相比，我们小店不值一提。"

"哪里，哪里。我们只是到处伸手，既是绸缎批发商又是杂货铺的，我不喜欢。像植村先生这样兢兢业业、稳扎稳打经营的店铺，眼下是越来越少啦……"

植村正要回答，龙助已经站起身来，朝着千重子和真一所在的里间客厅走去。植村带着一副尴尬的表情望着龙助的背影。这位掌柜终于明白，千重子想查账，看来是和这个龙助暗中商量好的。

龙助来到里间客厅，千重子用询问的眼光看着他。

"千重子小姐，我已经叮嘱掌柜了，因为之前是我让你去说的，我有这个责任。"

"……"

千重子低下头，为龙助沏薄茶。

"哥哥，你看枫树干上的紫堇，"真一用手指着，"不是有两株吗？千重子多年前就把那两株紫堇当成亲密的恋人啦……虽然靠得很近，但决不会在一起……"

"唔。"

"女孩子嘛，总爱把事情想得很美。"

"讨厌，别再编派人啦，真一。"千重子把沏好的茶端到龙助面前，她的手微微颤动。

三人乘上龙助店里的汽车，驶向北野六番町大市甲鱼饭馆。房子古旧，天棚低矮的大市是一家有着传统风格的老店，来往宾客，人人皆知。

这里的名菜清炖甲鱼，就是所谓的甲鱼火锅，在餐食收尾时会把甲鱼做成杂烩饭。

千重子浑身暖洋洋的，她有点醉意蒙眬了。

千重子的脸红到了耳根。她脖颈上细白的肌肤柔润而光艳，洋溢着青春的性感，娇媚迷人。她杏眼微饧，不时抚摸一下面颊。

千重子没有沾一滴酒，但甲鱼火锅的汤汁一大半是酒。

车子在外面等着，千重子担心自己的脚步走

不稳当。不过她还是兴奋异常,话也多了起来。

"真一,"千重子冲着好说话的弟弟说,"时代祭在御所的庭院,你看到的那一对不是我,认错人啦。你离得很远吧?"

"用不着隐瞒嘛。"真一笑了。

"我一点不骗你。"千重子不知说什么好,"告诉你吧,那女孩是我姐妹。"

"什么?"真一怪讶地问。

千重子也许在思忖,自己在赏花季节的清水寺,曾经告诉过真一她是弃儿,真一当然也会告诉哥哥龙助的。即便真一不对哥哥说,由于两家的店铺靠得很近,也会无意之中传出去的。

"真一,你在御所庭院看见的……"千重子犹疑了一下,"是我的孪生姐妹。"

这件事,真一也是第一次听说。

"……"

三个人久久地沉默着。

"我是被遗弃的。"

"……"

"要是真的,怎么没有丢在我们家店门口呢……?真的,要是丢到我们家店前该多好啊!"龙助一片真诚,他连连说了两遍。

"哥哥,"真一笑了,"那可不是现在的千重子,那是刚刚降生的婴儿。"

"婴儿也很好嘛。"龙助说。

"那是哥哥见到现在的千重子,才这么说的呀。"

"不是。"

"现在的千重子,是在佐田先生无微不至的关怀和呵护下长大成人的。"真一说,"而那时候哥哥你也还是小孩子,一个小孩子怎么扶养一个婴儿呢?"

"能扶养。"龙助强辩道。

"唔。哥哥总是这样自信,不服输。"

"也许是的,可我很想养育婴儿的千重子,家母也一定会帮忙的。"

千重子酒醒了,她额头变得白皙起来。

秋季里北野的舞蹈会将持续半个月，闭场前一天，佐田太吉郎独自一个人外出了。茶屋送来的门票当然不止一张，可是太吉郎谁也不想邀请。否则，看完舞蹈回来，一帮子人到茶屋玩，岂不更麻烦。

舞蹈开始前，太吉郎闷闷不乐地坐到茶席上。今日当班坐着点茶的艺妓，也没有一个太吉郎的旧相识。

旁边站着一排七八个少女，等着帮忙端茶。她们一律穿着粉红的振袖和服。

"哦？"太吉郎惊叫一声。尽管浓妆艳抹，但她不就是那天跟着花街老板娘、和自己同坐"丁零电车"的少女吗？——只有她一人是蓝色和服，也许是见习艺妓吧？

那位蓝衣少女为太吉郎端来薄茶，放在他面前。她当然要遵守茶道的规矩，一本正经，不苟言笑。

但是，太吉郎的心里轻松多了。

舞蹈是称作《虞美人草图绘》的八景舞剧，

表现的是中国的项羽和虞姬的悲剧,这故事妇孺皆知。虞姬拔剑自刎,被项羽一把抱住,于四面楚歌之中死去,项羽也随之死于疆场。可下半场又转回日本,是熊谷直实[1]和平敦盛以及玉织姬的故事。熊谷讨伐敦盛后,因感人生无常而出家为僧。他凭吊古战场,看到敦盛墓周围,虞美人草花红耀眼。忽闻笛声悠扬,敦盛的魂灵出现了,请求他将青叶之笛纳于黑谷寺,玉织姬的魂灵则托他将墓边虞美人草的红色花朵献给神佛。

这出舞剧之后,还有一出是热闹的新型舞剧——《北野风流》。

上七轩不同于祇园井上流派[2]的舞蹈,属于花柳流派[3]。

太吉郎出了北野会馆,路过一家富于古趣的

---

[1] 熊谷直实(1141—1208),镰仓初期武将。初仕平知盛,后降源赖朝,追讨平家有功。又与久下直光争地,败走京都,皈依佛门,师事法然,称莲生。

[2] 上方舞之一,江户后期京都初代井上八千代(1767—1854)创始。动作纤细而丰富,尤以女性柔软而妩媚的腰肢动作见长。

[3] 以初代花柳寿辅为始祖的舞蹈流派。

茶室,呆然枯坐。

"叫个姑娘来吗?"茶屋老板娘问。

"唔,就要那个咬舌头的艺妓。——还有那个穿蓝色和服献茶的姑娘。"

"那个坐'丁零电车'的吗……?就过来打个招呼可好?"

艺妓未到之前,太吉郎一个劲儿喝闷酒,等艺妓一来,反而故意离开了。艺妓跟在他后面,太吉郎问:"现在还咬人吗?"

"哟,还记得呀?不咬啦,不信伸出来试试看。"

"好可怕。"

"真的,不咬啦。"

太吉郎伸出舌头,立即被她那温热而香软的舌头吮吸住了。

太吉郎轻轻拍着女子的脊背,说:

"你堕落了。"

"这就叫堕落吗?"

太吉郎想用水漱漱口，但艺妓就站在身旁，他不能那么做。

艺妓的这番恶作剧，真是不遗余力。对于艺妓而言，这种事不过转瞬即逝，没什么别的意思。太吉郎并不讨厌这个年轻的艺妓，也不认为她不干净。

太吉郎正要回到座席上去，艺妓拉住他说：

"等等。"

她掏出手帕，擦擦太吉郎的嘴角，手帕沾上了口红。艺妓把自己的脸凑到太吉郎眼前瞧了瞧。

"好啦，这下子行啦。"

"谢谢……"太吉郎将手轻轻搭在艺妓的肩膀上。

艺妓留在盥洗室的镜子前，她要在嘴上补一些口红。

太吉郎回到座席时，早已没有一个人影了。他一气喝了两三杯冷酒，权当漱漱口。

尽管如此，他总觉得身上哪里还残留着艺妓

的本香或香水的气味,自己似乎也变年轻了。

尽管艺妓这一招玩得出其不意,太吉郎感到自己的反应还是太麻木了。大概是太久没有和年轻女子玩闹的缘故吧。

这个刚满二十岁的艺妓,也许是个很有情趣的女子吧?

老板娘领着女孩走进来。依然是那身蓝色和服。

"您要的人来啦。刚才说了,只打个招呼,她到底是个孩子。"老板娘说。

太吉郎看着女孩,问:"刚才是你端茶来的……?"

"是,"毕竟是茶屋的孩子,她一点也不畏葸,"我知道您是先前那位伯伯,所以就端过来啦。"

"唔,真是,谢谢,你还记得我?"

"记得。"

艺妓也回来了。老板娘对艺妓说:

"佐田先生可喜欢小千惠啦。"

"真的?"艺妓瞧着太吉郎的脸,"您倒挺有眼力的,还得再等三年。而且,小千惠来年春天要到先斗町去。"

"先斗町?为什么?"

"她想当舞女,听说她很羡慕舞女那身穿戴。"

"哦?要当舞女,在祇园不是很好吗?"

"小千惠的姑妈在先斗町。"

太吉郎注视着那个少女,他想,不论在哪里,她都会成为一名出色的舞女。

西阵丝绸纺织工业工会采取了断然的、前所未有的措施,决定自十一月十二日至十九日的八天,所有织机停梭。十二日和十九日是星期日,实际只停工六天。

原因有种种,一句话来说自然是出于经济上的考虑。亦即因生产过剩,库存达三十万反,临时停机就是为了处理这批商品,改善经营方法。近来,资金周转越来越困难,也是其中一个原因。

从去年秋天到今年春天,西阵的绸缎贩卖公

司也一家接一家倒闭了。

停机八天，大致减产八九万反。但是其结果还好，看来是成功了。

然而，只要看看西阵的丝绸纺织街，尤其是小巷，就会明白，这些都是零散的家庭手工作坊。真亏他们都能严守这次的规制。

古旧的瓦葺小屋，深深的庇檐，一排排蹲伏于老街陋巷，即便有二层楼的也很低矮。街道荒寒，一片零乱，就连织机的声响，也是从晦暗之处传来的。有的不是自家织机，而是租赁来的。

但是，申请"免除停机"的只有三十多家。

秀男家里不织和服成衣，只织腰带。他们有三台高座织机，不消说，白天里也是开着电灯干活儿。幸好机房在后面的空地上，还算亮堂。但是，家里那点粗陋的厨房用具往哪儿搁？家人又在哪儿休息、睡觉呢？

秀男身强力壮，聪明能干，还有对工作的热情。但是一天到晚坐在高座织机窄小的木板上不停地织，恐怕屁股上都磨出老茧了。

秀男邀苗子去看时代祭时，比起那些各种时代服装的仪仗队，他更注意背景里御所那片广袤的青松，是因为这可以让他从繁忙的日常生活里得到解脱吧？对于整天在深山老林劳动的苗子来说，这是她难以体会的……

然而，秀男在时代祭上看到苗子系着自己织的腰带以后，干起活儿来更加勤快了。

千重子打从和龙助、真一兄弟一起去大市之后，虽说还没到苦不堪言的地步，但有时就像丢了魂儿似的，细想想，还不是心有所恼吗？

十二月十三日，京都"年事开始"的一天过去了。这里的冬天天气多变，有时候，晴天里下起阵雨来，雨点在阳光里闪亮，偶尔夹着冰霰，晴一阵，阴一阵。

十二月十三日是"年事开始"的日子，从这天起，京都就要准备过年了。按老规矩，人们开始互相赠送岁暮礼品。

严守这些传统礼仪的，依然首推祇园等地的

花街。

艺妓、舞女等走街串巷,给平素照顾自己的茶屋老板娘和歌舞音曲的师傅,还有艺妓姐姐们的家里送年糕。

然后,舞女们挨家去拜年,道一声"恭贺新禧",庆祝一年平安地过去,希望来年继续给予关照。

这一天里,艺妓和舞女们比平时打扮得更加绚丽多姿。她们来来往往,香尘满路,稍稍早来的年末景象将祇园一带装点得五彩缤纷。

千重子家的商店街,没有这般华丽。

千重子吃过早饭,一个人登上里院的二楼。她想简单地化一下晨妆。但是,她的手总也找不到地方。

千重子在北野甲鱼饭馆,听到龙助激情的话语,心里一直不平静。他说什么当时还是婴儿的千重子,要是扔在他家门前该有多好,这话是否太重了些?

龙助的弟弟真一和千重子青梅竹马,又是一

直读到了高中的同学。真一性情和顺,他虽然也喜欢千重子,但不会说出这种使她震惊的话语来,他们交往得也很自然。

千重子认真梳理好长发,垂在背后,下了楼。

早饭似了未了的当儿,北山杉村的苗子给千重子打来了电话。

"是小姐吧?"苗子问候了一声,"我想见小姐一面,我有话给您说。"

"苗子,好想你呀……明天行吗?"千重子回应道。

"我什么时候都行……"

"你到我们店里来吧。"

"对不起,我不能到您家店里去。"

"苗子的事,我已经对妈妈说过了,爸爸也知道。"

"我不愿意见到店员。"

"……"千重子沉思片刻,"那么,我去你们村吧。"

"我这里很冷,不过您能来,我很高兴……"

"我还想看看杉树呢……"

"是吗?天气冷,有时还会下阵雨,您来时要做好准备。不过可以烤火,这里有的是木柴。我在路边干活儿,您来我马上就能看到。"苗子爽快地回答。

一

冬之花

千重子套着长裤,穿上毛衣,这可是从来没有过的,脚上厚厚的袜子也很惹眼。

父亲太吉郎在家里,千重子坐在他面前请安。太吉郎望着千重子一身不同寻常的打扮,问:

"要进山吗?"

"是的……北山杉那姑娘想见我,她有话跟我说……"

"是吗?"太吉郎毫不犹豫,"千重子。"

"欸。"

"那孩子要是有什么苦恼或困难,就把她接到咱们家来吧……我收留她。"

千重子低下头。

"那样很好,两个女儿,加上我,还有妈妈,那就更热闹啦。"

"谢谢爸爸,谢谢爸爸!"千重子鞠了一躬,眼泪落到腿上。

"千重子,你是父母从小养大的,是爸爸妈妈的掌上明珠。对那姑娘也一样,我会尽量一视同仁。听说她像你,肯定是个好姑娘。把她接来吧。二十年前,双胞胎不讨人喜欢,现在可不是了。"父亲说。

"阿繁,阿繁!"他喊妻子。

"爸爸,我非常感谢爸爸的一片好意。不过,那姑娘苗子,她绝不会到我们家来的。"千重子说。

"那又是为什么呢?"

"还不是怕影响我的幸福吗,即使一点点,她也不愿意。"

"那怎么会呢?"

"……"

"那怎么会影响呢?"父亲又重复一遍,他歪着头在思索。

"今天我也给她说过了,我说反正爸爸和妈妈都知道了,就请你到店里来吧。"千重子边哭边说,"她好像对店员和街坊邻里有顾虑……"

"店员怕什么?"太吉郎终于喊叫起来。

"爸爸的意思我都知道了,今天我再跟她说说看。"

"那好。"父亲点点头,"路上当心啊……还有,你可以再把我刚才的话对苗子讲一遍。"

"欸。"

千重子穿上雨衣,围好风帽,鞋子也换成了胶皮雨靴。

早晨时中京的天空还一片晴朗,不知何时已阴沉下来了,也许北山正在下雨吧。从城里的景象看,很有可能。京都要是没有一群优美的山丘的遮挡,说不定能看到温雪的天气呢。

千重子乘上国铁的公共汽车。

北山杉的中川北山町,运行着市营和国铁两种公交车。市营公交车到达京都市(现在延伸到了）最北的山口，然后按原路返回。国铁公交车则一直通到遥远的福井县的小浜。

小浜位于小浜湾的岸上，透过若狭湾面向日本海。

冬天里，乘公交车的人不很多。

两个搭伴的青年男子目光犀利地直盯着千重子，千重子有些不安，戴上了风帽。

"小姐，请您不要那样，不要把脸遮住。"其中一个男子用沙哑的声音说，听起来不像个青年。

"干什么？住口！"旁边的男子说。

央求千重子的男子戴着手铐，不知犯了什么罪。旁边的男子似乎是刑警，看来，他要押解这个犯人翻过后面的山岭到某个地方去。

千重子不能摘下风帽让他们看到自己的脸孔。

车子抵达高雄。

"高雄，究竟到哪里了呀？"一个乘客问。倒不是一点也看不清楚。枫树的叶子落光了，树梢细细的枝条描画着一派冬景。

栂尾下停车场里没有一辆汽车。

苗子一身劳动服,来到菩提道车站迎候千重子。

千重子的这身打扮,她一下子竟然没有认出来。

"小姐,欢迎您啊,这深山老林的,您还真的来啦。"

"这里哪是什么深山呀。"千重子没来得及脱手套,一把攥住苗子的双手,"真高兴啊,打夏天就没再来过。夏天那次在山林里,多亏了你。"

"那算什么呀。"苗子说,"哎,可也是,那时候,要是朝咱俩头上砸下个雷来,真不知会怎么样呢。不过,就算那样,我还是很开心……"

"苗子,"千重子一边走一边说,"你打来电话,肯定是有什么特别的事吧。你还是先告诉我什么事,让我放下心来,才好慢慢聊啊。"

"……"苗子穿着劳动服,头上顶着手巾。

"什么事情呀?"千重子又问了一遍。

"是这么回事。秀男说,他想和我结婚,因此……"苗子摇晃了一下身子,随即抓住千重子。

千重子一把抱住险些跌倒的苗子。

整天干活儿的苗子身体很结实。——夏天打雷的时候,千重子只顾害怕,没有注意到这些。

苗子立即端正了姿势,她被千重子抱在怀里,心里很自在,所以也没有辞让。可以说,她是被千重子抱着走的。

抱着苗子的千重子,其间也多半是靠在苗子身上,两个姑娘都没有感觉到这一切。

千重子没有取下风帽,她问:"苗子,那么,你是怎么回答秀男的呢?"

"回答……?我怎么能当场就回答他呢?"

"……"

"他之前把我当成了您,虽然现在已经没有认错了,不过秀男的心底,早已深深印上了您的影子。"

"哪有那么回事呀!"

"不，我对这点很清楚。即便没有认错人，他也是和千重子小姐的替身结婚。秀男从我身上看到了您的幻影。这是第一……"苗子说。

——千重子记得，春天郁金香盛开时节，从植物园回来，走到加茂堤时，父亲曾经对母亲说，要把秀男招来做千重子的女婿。

"第二，秀男家不是腰带织匠吗？"苗子强调说，"那么他肯定和您的店有来往，要是我也牵连在内，就会给您带来麻烦，周围的人也会觉得奇怪。这样，我就是死也无法给您赔罪啊。还不如干脆躲进山坳去呢……"

"你是这么想的吗？"千重子摇着苗子的肩膀，"今天，我来你这里，给父亲说过了，母亲也知道。"

"……"

"你猜父亲怎么说？"千重子越说越激动，她又摇着苗子的肩膀。

"他说，苗子这孩子要是有什么苦恼和难处，就接到我们家里来吧……我取得了爸爸亲生女儿的户籍,但爸爸说,他会尽量待你好,不分你我。他说,只我一个人,太冷清啦。"

"……"苗子摘下了手巾。

"谢谢。"她捂住了脸,"我打心里感激不尽。"然后,老大一会儿没有说话,"我呀,喏,没有一个知冷知热的人可以依靠,孤苦伶仃的,忘乎一切地拼命劳动。"

千重子安慰她说:

"关键是秀男的事……?"

"我不能随便地回答他。"苗子呜咽起来,她瞧着千重子。

"给我吧。"千重子接过苗子的手巾,"都哭成这样了,怎么进村啊……"

说罢,她擦擦苗子的眼角和脸颊。

"没事,我性格坚强,一个人干两个人的活儿,可就是爱哭。"

千重子给苗子擦过脸,苗子顺势把面孔埋在千重子怀里,反而更加悲伤地啜泣起来了。

"你很难过吗?苗子,感到孤独吗?别哭啦。"千重子轻轻拍着苗子的脊背,"你再哭,我可要走啦。"

"不行,不行。"苗子慌了神儿,她接过千重子手里自己日常用的手巾,使劲儿擦了一下脸。

冬天里谁也看不出来,只是雪白的眼眶稍稍变红了。苗子用手巾把脸包得严严的。

两个人默默走了一阵子。

北山杉,整枝一直修整到了树梢,千重子看到梢顶还留着几片残叶,她觉得那是淡青色的冬天的花。

千重子趁这个时候对苗子说:

"秀男亲手画的腰带图案也很好看,他织起来也很仔细、很认真。"

"嗯,我也知道。"苗子回答,"秀男邀我去看时代祭,他对各个时代的仪仗游行倒不怎么在意,可是对作为背景的上御所的青松林,还有东山的颜色变化很感兴趣。"

"因为秀男看惯了时代祭吧……"

"不,好像不是那样。"苗子强调道。

"……"

"他说等游行完了,请我到家里去一下。"

"家?你去秀男的家了?"

"嗯。"

千重子有些吃惊。

"家里有两个弟弟,他还带我到后面空地看了看。说我们俩要是成亲了,就在那里盖一座小房子住,自己喜欢织什么就织什么。"

"那不是很好吗?"

"很好——?秀男和我结婚,还不是把我当成您的幻影吗?我也是个女孩子,这一点瞒不了我。"苗子又重复说道。

千重子不知所措,她茫然地走着。

那条狭窄溪谷旁边的小山沟里,洗涤杉树圆木的女人们休息了,她们围坐在一起烤火,木柴的烟雾飘散到天空。

苗子来到自家门前。说是家,其实是一座小

屋。长年失修,草葺的屋顶歪斜着,高高低低。因为是山里人家,有一个小院子,随意生长的南天竹高高的枝条上结着红红的果实。七八棵南天竹,枝干交合,绿叶纷披。

然而,这座寒碜的小屋子,可能也是千重子的家。

她们打旁边经过时,苗子的泪水已经干了。她在思忖着,这个家的底细要不要告诉千重子呢?千重子生在姥姥家,也许她没在这个家里待过。苗子还是婴儿的时候,就先后失去了父亲和母亲,就连她也记不清是否在这座小房子里住过。

幸好,千重子没怎么留意这座破烂的屋子,她只顾抬眼望着杉树林,注视着排列整齐的杉树圆木。她们经过这里时,苗子也没有再提家的事情。

高大而挺拔的树干,树梢上残留着几片叶子,千重子说那是"冬之花",可不,那真是冬天的花啊。

多数人家的檐下和楼上,都晾晒着一排排剥

了皮、洗得很干净的杉树圆木。那莹白的圆木，从根部整整齐齐地排列在一起，单从外观上就显得很美，比什么样的墙壁都好看。

山上的杉树林，树根旁的野草干枯了，那整齐、笔直而粗大的树干也很漂亮。有些地方，斑驳的树干之间，可以窥见蓝天。

"这里的冬天很美丽。"千重子说。

"是的吧？我看惯了，倒不觉得了。冬天的杉树林，叶子稍稍像芒草色一样，不是吗？"

"那多么像花呀。"

"花，那是花吗？"苗子有些出乎意料，她抬眼望望杉树林。

走了一会儿，看到一家古雅的房屋，大概是山林主的住宅，有低矮的围墙，房子下半部嵌着木板，漆成土红色，上半部是粉墙，瓦葺的屋顶。

千重子站住了："这房子真好。"

"小姐，我就寄居在这个家里，进去看看吧。"

"……"

"无碍的,我住在这里已经快十年啦。"苗子说。

苗子三番五次跟千重子说过,她认为秀男和自己结婚,只是把她当成是千重子的替身,更是幻影。

"替身"倒可以理解,至于"幻影",究竟指的是什么呢?——尤其是作为结婚的对象……

"苗子,你老是幻影、幻影的,那么,幻影是什么呀?"千重子一本正经地问道。

"……"

"幻影嘛,是无形的东西,手也摸不着。"千重子继续说,她不由涨红了脸。这个不仅是面孔,任何地方都同自己一模一样的苗子,就要为一个男人所有了。

"对呀,幻影本来就是无形的嘛。"苗子回答,"幻影可能存在于男人的头脑里,或者心头上,也可能表现在别的方面,谁又能说得清呢?"

"……"

"苗子即使活到六十岁,幻影中的千重子小姐还是像今天这般年轻。"

苗子的话使千重子很感意外。

"你都想到哪儿去了?"

"美丽的幻影永远不会令人生厌。"

"那也不一定。"千重子鼓着勇气说了这句话。

"对于幻影,你不能踢,也不能踩,否则跌跤的是自己。"

"唔。"千重子看到苗子也有嫉妒心,"真的有幻影吗?"

"这儿……"苗子摇晃着千重子的前胸。

"我不是幻影,我和你是孪生姐妹。"

"……"

"要是那样的话,苗子不就是和我的幽灵做姐妹吗?"

"瞧您说的,喏,我是和您这个千重子小姐做姐妹。不过,说是幻影只限于秀男一个人……"

"你想得太多啦。"千重子微微低着头,走了一会儿,"我们三个人,在一起谈谈心不好吗?"

"谈什么心? ——有时会说真心话,有时也不见得……"

"苗子啊,你疑心很重呀。"

"那倒不是,作为一个女孩子,我也有我的想法……"

"……"

"北山的雨要从周山袭来了,山上的杉树七……"

千重子抬眼望着。

"快回去吧,看样子要下雪霰啦。"

"我怕万一下雨,所以穿着雨衣来啦。"

千重子脱掉一只手套:"这只手不像是小姐的手吧?"

苗子一怔,用自己的双手包住了千重子的这只手。

时雨是在千重子毫无觉察的时候到来的,也许连住在这村里的苗子都没有留意。这雨既不是小阵雨，也不是毛毛雨。

千重子听苗子一说，随之抬眼望着周围的山峦，上面弥漫着寒冷的雨雾，山脚下的杉树林，那排列整齐的树干反而更加清晰了。

其间，一群小山雾霭缭绕，模糊一片。这雾气来自天上，自然和春雾不同。可以说，这种雾气更带有京都的韵味。

看看脚下，地上已经濡湿了。

一时间，群山蒙上薄薄的灰色，似乎也被水雾包裹了。

不一会儿，溟蒙的水雾顺着山坡流淌下来，夹杂着稍许的白色，变成了雪霰。

"我们快走吧。"苗子对千重子说，因为她看到了白色的雾气。不是雪，而是雪霰，但那白色时而消隐，时而显现。

随着时间的推移，山谷渐渐变得晦暗了，骤然冷起来。

千重子也是京都姑娘，对北山的雨并不感到稀奇。

"趁着还没有变成严寒的幻影……"苗子说。

"又是幻影……?"千重子笑了,"我穿着雨衣来啦……冬天的京都,天气多变,这雨还会停的。"

苗子仰望天空:"今天还是请回吧。"说罢,她将千重子脱掉手套的那只手,紧紧攥在自己手里。

"苗子,你真的考虑过结婚吗?"千重子问。

"只是一点点……"苗子回答。然后,她满怀情意地给千重子戴上了那只手套。

这时候,千重子说:

"到我家店里来一趟吧。"

"……"

"你来吧。"

"……"

"等店员下班之后。"

"是晚上吗?"苗子吃惊地问。

"你就住在我家,反正父亲和母亲都知道你的事。"

苗子的眼睛里浮现着喜悦,但立即又犹豫了。

"就一个晚上也好,我和你一起睡。"

苗子转向路边,不让千重子看见她偷偷地流下了眼泪。当然,千重子不会不知道。

千重子回到室町的店里,这一带市街仅仅是阴天。

"千重子,你回来得正巧,没有淋雨。"母亲阿繁说,"爸爸在里屋等你。"

千重子向父亲请安,太吉郎没等听完就赶紧问道:

"怎么样?千重子,那姑娘怎么说?"

"唉。"

千重子不知如何回答才好。要想三言两语讲清楚是很困难的。

"怎么样?"父亲又追问一句。

"唉。"

苗子的话,千重子自己也是有的明白,有的

不明白。——实际上,秀男想跟千重子结婚,因为很难如愿便死了心,转而向酷似千重子的苗子求婚。苗子那颗少女的心灵早已看穿了这一点,于是,她就对千重子讲了一通奇妙的"幻影论"。秀男钟情于千重子,也许是想借着苗子寻求慰藉吧?千重子认为,这并非完全出于自己的自负。

但是,事情也许不仅如此。

千重子羞得脸一直红到了脖颈,她不好意思直面看着父亲。

"苗子那姑娘,只是一心想要见你不是吗?"父亲问。

"是的。"千重子鼓足勇气抬起头来,"苗子告诉我,大友先生家的秀男师傅向她求婚了。"千重子的声音有些打颤。

"哦?"

父亲望着千重子,沉默了一阵子,仿佛看透了什么事,但他没有说。

"是吗?她和秀男君……?大友家的秀男君嘛,很好啊。缘分真是个奇怪的东西。这也和你有关吧?"

"爸爸,我觉得,那姑娘不会和秀男结婚。"

"哦,为什么?"

"……"

"为什么呢?我看很好嘛……"

"不是不好,爸爸您还记得吧,您在植物园说过,要把秀男招为女婿。这件事那姑娘也听说了。"

"哎?那怎么办呢?"

"还有,秀男是织匠,他家和我们店总会有些生意上的来往。她对这个也很在意。"

父亲心中一震,陷入沉思。

"爸爸,就叫那姑娘到我们家来住一个晚上吧。千重子求您啦。"

"当然可以,这算什么……我不是说过,把她接到咱家来也行的。"

"她绝不会来的。就住一个晚上……"

父亲温存地看看千重子。

听到母亲打开挡雨窗的声响。

"爸爸,我去帮妈妈一把。"千重子站起来。

小雨暗暗落在屋瓦上。父亲依然坐着不动。

水木龙助、真一两兄弟的父亲,请太吉郎在圆山公园的左阿弥吃晚饭。冬季日短,坐在高高的客厅里,可以看到满城明丽的灯火。天空灰暗,没有晚霞。除却灯光,城里也是这种颜色,这种灰暗正是京都之冬的颜色。

龙助的父亲作为室町的大批发商,生意做得很红火,为人刚强而富有毅力。可是今天似乎有些难言之隐,他总是犹疑不定,东拉西扯,净说些无关紧要的话磨时间。

"说实话……"借着酒劲儿,他终于要谈正事了。平时有些优柔寡断,一味沉醉于厌世情绪之中的太吉郎,倒是猜中了几分水木的意图。

"说实话……"水木又支支吾吾了,"您家小姐有没有给您讲过龙助的鲁莽行为?"

"啊,我呀,自己虽然不争气。但龙助君的一番好意,我很清楚。"

"是吗?"水木一下子放松下来,"那孩子很像我年轻的时候,说一不二,谁也别想强使他改变。真叫人头疼……"

"我倒认为很难得。"

"是吗?您这么一说,我倒放心啦。"水木真的长出一口气,"请多包涵。"

他郑重地行了礼。

尽管太吉郎的店已经在走下坡路,但同行业的年轻人前来帮忙,这本身就是一种耻辱。如果说是见习,从两家店的资格来说,应该是相反。

"我倒是很感谢他……"太吉郎说,"贵店若没有龙助君,不是也很难办吗……?"

"哪儿的话,龙助仅仅懂得一点生意上的事,他不是很内行。不过,我这个当父亲的,觉得他做事还挺干练的……"

"是啊,他到我们店来,一下子坐到掌柜面前,神情严肃,把人吓一跳啊。"

"他就是那么个脾气。"水木说,接着,又喝了一阵子闷酒。

"佐田先生。"

"欸。"

"要是龙助能到贵店帮忙，即便不是每天都去 他弟弟真一也会渐渐能干起来，我也就轻松多啦。真一这孩子性情温顺，至今龙助还老拿他开玩笑，说他是什么'稚儿'。这是他最讨厌的事……因为他从前坐过祇园祭的彩车。"

"他生得挺讨人喜欢的，和我们家千重子从小一块儿长大……"

"说到千重子呀……"水木一下子又不吭声了。

"那个，千重子呀……"水木又重复起来，简直是怒气冲冲地叫嚷道，"您说，这姑娘怎么就出落得那么俊俏呢？"

"这可不是我们做父母的有什么本领，她天生就那副模样。"太吉郎很直率地说。

"我想您也看出来了，您的店和我们的店性质差不多，龙助他想到你们店做帮手，其实呀，说到底还是想待在千重子小姐身边,哪怕半小时或一小时的。"

太吉郎点点头。水木擦擦额头,这额头和龙助长得一样。"那孩子虽说不成体统,可是很会干活儿。我决没有勉强的意思,我想万一有那么一天,千重子那丫头说不定看上我们龙助了,别怪我脸皮厚,请您务必收他做个养老女婿,成吗?那我就把他过继给您……"说着,他低头行礼。

"过继……?"太吉郎大吃一惊,"一个大批发商的未来老板……"

"那也不是人生中的什么幸福。这阵子,我一看到龙助就有这个想法。"

"你的愿望当然很好,不过,这件事情还得看这两个年轻人的想法如何。"太吉郎避开水木的话锋,说了句,"千重子,她是个弃儿。"

"弃儿又怎么了?"水木应道,"好吧,我的话,是想让您心里留个底儿。那么,龙助去贵店的事,就这样说定啦?"

"行啊。"

"谢谢，实在感谢。"水木乐不可支，喝酒的样子也变了。

第二天一早，龙助就来到太吉郎店里，把掌柜和店员召集到一起，实行盘货。——漆染绸[1]、白绸、刺绣绉绸、特级绉绸、绫子、强力绉绸、镉仙绸、罩衫、振袖和服、中袖和服、窄袖和服、金襕缎、缎子、高级印染、礼服、腰带、衬里、和服小件……

龙助只是瞧了一眼，没有开口。掌柜因为前次领教过，见到龙助有些打怵，竟没敢抬头。

尽管挽留龙助留下，他还是晚饭前回了家。

晚上，苗子"咚咚"地敲格子门，这声音只有千重子听到了。

"哎呀，苗子！天黑以后外头很冷，你来得真好啊！"

"……"

"星星也出来啦。"

---

[1] 以生漆绘制花纹的印染技法，或于和服衣裾上用白漆描画雪花。

"噢,千重子小姐,我对您父母怎么打招呼呀?"

"我跟他们都说过了,就说是苗子好啦。"千重子挽住苗子的肩膀,向里屋边走边说,"吃饭了没有?"

"我在外面吃了寿司啦,不饿。"

苗子有些拘谨,看到这么一个和自家女儿一模一样的姑娘,千重子的父母惊得一句话也说不出来。

"千重子,到里院楼上去吧,你们两个好好聊聊吧。"还是母亲阿繁想得周到。

千重子拉着苗子的手,走过逼仄的廊缘,登上里院的二楼,点上暖炉。

"苗子,过来一下。"她把苗子叫到穿衣镜前照着,仔细瞧着两人的长相。

"真像!"千重子心头一热,左右交换着站,"活像一个模子刻出来的呀!"

"本来就是双胞胎嘛。"苗子说。

"人假如都是双胞胎，那可怎么办呢？"

"那成天认错人，应该很伤脑筋吧。"苗子后退一步，眼睛湿润了，"人的命运真难捉摸。"

千重子也退到苗子身边，使劲儿摇晃着苗子的双肩。

"苗子，就在我们这里住下吧，行吗？父亲母亲也都这么说过……我一个人太孤单啦……当然，我不知道住在杉树山上有多么快乐。"

苗子有点站不稳当，稍微摇晃了一下，随之坐下来了。接着，她摇摇头。在她摇头的时候，眼泪就要滴落在膝盖上了。

"小姐，我们现在的生活很不同，教养也不一样，我在这室町也住不习惯呀。我只是一次，就这么一次，到您家店里来，让您看看您送我的和服……再说，您也去过两次杉树山里看望过我。"

"……"

"小姐，我们的父母丢掉的婴儿，就是小姐您哪。那时候，我什么也不知道啊。"

"那些事我全都忘掉啦。"千重子坦率地说，

"对我来说,已经不再想有过那样的父母了。"

"父母他们,我想恐怕也遭到了报应……我当时也是个婴儿,请您原谅吧。"

"这件事情,苗子又有什么责任和罪过呢?"

"虽说没有,正像从前我跟你说过的,苗子我不愿意影响您的幸福,哪怕一分一毫。"苗子低声地说,"我想干脆消失算啦。"

"胡说,怎么会那样……"千重子声音大起来,"我总感到有点不公平……苗子,你觉得很不幸吗?"

"不是,我只感到孤独。"

"也许幸运都是短暂的,而孤独是长久的,对吗?"千重子说,"躺下来慢慢说吧。"千重子从壁橱里拿出了被褥。

苗子一边帮着理床,一边倾听屋顶上的声音,说:"幸福就是这个样子吧。"

千重子看见苗子聚精会神地听着,问道:

"这是时雨,雪霰,还是雨加雪呢?"她自己也停下手来。

"这个嘛,也许是淡雪吧。"

"淡雪……?"

"静静地,不像是大雪,这是真正的淡雪啊。"

"唔。"

"山村里时常下这种淡雪。在我们劳动的时候,谁也没有在意,杉树叶子就变成了白花,冬季里干瘦的树木,细细的枝条上一片银白。"苗子说,"好看极了。"

"……"

"有时候会马上停下来,有时又变成雪霰,也有时变成雨……"

"打开挡雨窗看看好吗?就知道究竟是什么了。"千重子向窗边走去,苗子将她抱住,"算啦,太冷,会感到幻灭的。"

"又是幻,苗子很喜欢用'幻'这个字。"

"幻……?"

苗子姣好的脸蛋靦然微笑,含着一丝淡淡的哀愁。

千重子开始铺被褥,苗子慌忙说道:

"千重子小姐,让我为您铺一次床吧。"

两张床铺紧挨在一起,千重子悄悄钻进苗子的被窝里了。

"啊,苗子,真暖和呀。"

"也许是干的活儿不同,住的地方也……"

苗子紧紧抱住千重子。

"这样的夜晚会很冷的。"苗子似乎一向耐冷,"微雪飘飘地下着,飘一阵子,停一阵子,再飘一阵子……今晚……"

"……"

听动静,父亲太吉郎和母亲阿繁一起上楼进了隔壁的房间。年纪大了,他们床上铺着电热毯。

苗子凑到千重子耳边小声地说:

"千重子小姐的床已经热啦,苗子到旁边的床上去。"

母亲将隔扇打开一条细缝,瞅瞅两个姑娘的寝室。这是其后的事了。

第二天早晨,苗子很早就起来了,她摇醒千

重子说:"小姐,这是我一生的幸福。趁着人家看不见,我要回去啦。"

正如昨晚苗子所说的,夜里,微雪确实下下停停,眼下依然在零星飘落。这是个寒冷的早晨。

千重子坐起来:"苗子,没带雨衣吧?等一下。"她把自己最心爱的天鹅绒大衣、折叠伞,丞有高齿木屐,一并送给了苗子。

"这些是我送你的。下回再来啊。"

苗子摇了摇头。千重子抓住土红的格子门,久久地目送苗子远去。苗子一直没有回头。微雪稍稍飘落在千重子额前的头发上,立即消融了。城市依然在沉睡。

后记

川端康成

《古都》连载于1961年10月8日至1962年1月23日《朝日新闻》,计一〇七回。小矶良平氏插图。

由于我自始至终都不能如期交稿,给报社造成很大麻烦。小矶氏似乎在绘制插图的全过程中,都未看到过我的原稿。然而,将《古都》改编为话剧并且搬上舞台的川口松太郎氏告诉我,他认为插图很好,还想拿到明治剧场里展出。鉴于有好多插图是对小说背景发生地的素描,所以我也很想将这些插图收入这本书中。

封面上东山魁夷氏的"冬之花"(北山杉),是1961年为祝贺我获得文化勋章而画的。"冬之花"这一主题,是依照《古都》最终章的标题绘制的，画的是文章里提到的北山杉。1962年2月，东山夫妇将这幅画带到了我入住的东大病院冲中内科病房。我每天在病房里观赏这幅画，随着即将到来的春光渐渐明朗，画中北山杉的绿色也变得明丽起来了。——如今，东山氏正在北欧旅行，我未经他允许，就请人将"冬之花"冠于卷头了。我本来就有这样的打算，想将这幅画作为我的异常之作《古都》的一种救赎纳入书中……

《古都》完稿后十天光景，我便住进了冲中内科。多年来我一直服用安眠药，打从写作《古都》之前起就吃得昏天黑地，本来很早前就想摆脱药物的毒害，某日趁着《古都》完稿之机，突然将安眠药停止了。不料，立即发生剧烈的药物戒断反应，被送进东大病院。住院后十多天人事不省，其间又染上了肺炎和肾盂肾炎，我自己却浑然不晓。

而且，我在写作《古都》期间的各种记忆多半都失去了，真可怕！我不记得《古都》写了些什么，实在想不起来了。我每天都吃安眠药，不论是写作《古都》之前还是写作期间。我沉迷于安眠药里,挥笔于朦胧状态。莫非是安眠药叫我写作的吗?这就是我把《古都》看作"我的异常之作"的缘由。

因而,我不想再读它,心里深感不安。我一直拖延看校样,甚至要不要出版也犯起了犹豫。此时,川口松太郎氏计划着要将《古都》亲自改编为戏剧。借助他对这部作品寄予的同情和慰藉,我着手开始校稿了,果然颇为奇异,很多地方都不合常理。校对时虽然大都改正,但行文混乱、笔调狂纵,这些反而可视为这部作品的特色之处,原样不动地保留下来。校对固然很费心力,但是,《古都》多少有异于我的其他作品,说不定是得益于安眠药的缘故。

使得这部书面目一新的是京都方言,我请京都人士校改了一遍。我看到整体的会话都做了细致周到的订正,深感是一项非凡的艰辛的劳动,尤其是第一难点京都方言获得改善,我就放心多了。但有的地方并未按照我的喜好加以修正。

报上连载期间，我在朝日新闻 PR 版[1]上拜读了京都新村出[2]先生题为《古都爱赏》的文章，令我喜出望外。还有，给我写信的读者多半是老人，这对我来说也非常难得。

对小说而言，作者的后记之类，本属蛇足，但《古都》这本书对报载的内容做了充分改订，还是稍加说明为宜。

1962 年 6 月 14 日

1　public relations 的缩写，即宣传、广告版。
2　新村出（1876—1967），日本语言学家，京都大学教授。积极引入欧洲语言理论，致力于日本语言学、国语学的确立。著有《东方语言史丛考》，编有《广辞苑》等。

译后记

《古都》最初连载于《朝日新闻》1961年10月至1962年1月，1962年6月由新潮社出版发行。

《古都》小说的舞台是京都，这是谁都知道的。

在我眼里，京都是日本历史的缩影、日本文化艺术的博物馆。

一如去伊豆，我也同样去过京都多次。去伊豆是为了缅怀川端康成，深入体察川端文学的悠远妙味；访京都则是为了走进历史，考察过去，亲身体验往昔日本的一呼一吸。

一次一次地来来回回，都使我流连忘返，一遍遍地阅读《古都》，则使我更加了解京都，了解日本文化艺术。

作者在本书的后记中，诉说了自己当时的身体与精神状态，由于停用长期服用的安眠药引起了药物戒断症状。因而，这部小说是在非正常状态中完成的，作者称之为"我的异常之作"。这或许是作者写作心态的真实感触，并非罕见，但我不想也没有能力探究作家当时的精神境况和真实心理，抑或作家本人也是朦朦胧胧、无法说清楚吧。作为读者和译者，我且随着故事情节一步步进入这块"壶中天地"，领略一下作者笔下的古都风情罢了。

全书一共九节，没有序号，川端小说大都如此，字数在中长篇之间，有节无序，每节大约在八千至一万汉字左右。

《古都》构思精巧，情节随着一对孪生姊妹出生、失散，到后来的相互约见与寻找，带动城里城外两个家庭、亲友之间的互动与联络。自然推衍发展下来，好似一幅绘卷，无数美景随着文字在眼前逐渐展开，又如一条彩练，连缀着金银珠宝，璀璨闪光。其中光是写到的"年中行事"（全年间的节日庆典）就有赏樱、葵祭、鞍马伐竹会、祇园祭、大文字、时代祭、北野舞……涉及的场所与当地风物有平安神宫、嵯峨、锦市场、西阵、御室仁和寺、青莲院、北山杉、圆山公园等。

情节是载体，风物是乘客，阅读《古都》如观看小河淌水，只有微波潺潺，没有浪涛汹涌，悠悠流动，安然平静。

作者在后记中说道：

> 使得这部书面目一新的是京都方言，我请京都人士校改了一遍。我看到整体的会话都做了细致周到的订正，深感是一项非凡的艰辛的劳动，尤其是第一难点京都方言获得改善，我就放心多了。

作者"放心"的地方，正是译者感到困难和颇为"担心"之处，因为我对京都方言一窍不通，大凡经过"京都人士"改制的"普通话"，我必须再请"京都人士"一一改回来。所幸，家住宇治市的自由撰稿人白须美纪女史给予了热情协助。说起来,那已经是十多年前的事了。如今,值此新书出版之际,特向白须女史深表谢意。

陈德文

2021 年 6 月初稿

2022 年 6 月校改于

栀子花开时节

花是活的，生命虽然短促，

可是活得明朗。

明年又会含苞待放。

一页 folio

始于一页，抵达世界
Humanities · History · Literature · Arts

出品人　范　新
品牌总监　恰　恰
特约编辑　王子豪　徐　露　徐子淇
营销总监　张　延
营销编辑　狄洋意　闵　婕　许芸茹
新媒体　赵雪雨
版权总监　吴攀君
印制总监　刘玲玲

Folio (Beijing) Culture & Media Co., Ltd.
Bldg. 16 C, Jingyuan Art Center,
Chaoyang, Beijing, China 100124

一页 folio
微信公众号

官方微博：@一页 folio ｜ 官方豆瓣：一页 ｜ 媒体联络：zy@foliobook.com.cn